DIE PROPHEZEIUNG
VON
BAD LÖWENAU

1967 geboren, verbringt Sven Görtz seine Kindheit im Westerwald und studiert danach Philosophie in Gießen. Er ist Autor, Hörbuchsprecher und Sänger. Mit über 300.000 verkauften Hörbüchern zählt er zur ersten Riege der deutschen Hörbuchsprecher. Seit 2008 ist er die deutsche Stimme des Weltbestsellerautors Paulo Coelho. Er ist seit Jahren mit verschiedenen Live-Programmen im gesamten deutschsprachigen Raum unterwegs. 2013 erschienen »Da liegt ein Toter im Brunnen« und »Da haben wir den Salat«, die ersten Bände seiner Krimiserie um die Ermittler Christoph Rubin und Carl Bernstein.
www.svengoertz.de
facebook.com/dieseitevonsvengoertz

Sven Görtz

DIE PROPHEZEIUNG VON BAD LÖWENAU

Ein Fall für Rubin und Bernstein

Für Gertraud,

herzlich

Sven

emons:

Bibliografische Information der Deutschen Nationalbibliothek
Die Deutsche Nationalbibliothek verzeichnet diese Publikation in der Deutschen Nationalbibliografie; detaillierte bibliografische Daten sind im Internet über http://dnb.d-nb.de abrufbar.

FSC www.fsc.org
MIX
Papier aus verantwortungsvollen Quellen
FSC® C083411

Umschlaggestaltung: Tobias Doetsch
Gestaltung Innenteil: César Satz & Grafik GmbH, Köln
Lektorat: Lisa Bitzer
Druck und Bindung: CPI – Clausen & Bosse, Leck
Printed in Germany 2014
ISBN 978-3-95451-392-5
Originalausgabe

Willkommen in Bad Löwenau!

Der Schauplatz

Irgendwo in Deutschland liegt Bad Löwenau, eine Stadt, wie sie im Buche steht. Ein touristisches Idyll mit historischen Kopfsteinpflasterstraßen und schön renovierten Fachwerkbauten, mit teuren Boutiquen, feinen Hotels, Cafés und Kneipen.

Wahrzeichen ist der Löwenbrunnen am Marktplatz mit seinem kostbaren Inhalt: sprudelndes Heilwasser, das frei zur Verfügung steht und aus dem sogar das Bad Löwenauer Bier gebraut wird.

Der einzigartigen, unvergleichlichen Atmosphäre wegen strömt jährlich ein Vielfaches der eigenen Bevölkerung an Touristen in die Stadt. Doch Vorsicht! Hinter den einladenden Fassaden brodelt es. Und dem aufmerksamen Beobachter wird nicht entgehen, dass die Idylle auch in Bad Löwenau das tut, was sie immer tut: Sie trügt …

Einige Bad Löwenauer

Christoph Rubin
Fünfundvierzig Jahre, verheiratet, Kriminalhauptkommissar und Leiter der Polizeiinspektion. Er kehrt nach fünfundzwanzig Jahren Dienst in der Großen Stadt in seine Heimat Bad Löwenau zurück und kann sich nur wundern, was in der Zwischenzeit so alles passiert ist – und was heute so passiert.

Carl Bernstein
Vierundvierzig Jahre, unverheiratet, Journalist. Autor der legendären Kolumne im Bad Löwenauer Anzeiger. Er kleidet sich extravagant und spricht auch so. Bernstein hat nur zwei Schwächen: die Frauen und – die zweite hat er vergessen.

Freitag
Zwei Jahre, unverheiratet, Golden Retriever und der treue Begleiter von Hauptkommissar Christoph Rubin. Er bändelt gern mit Hundedamen an, bringt am liebsten Stöckchen und tapst ansonsten sehr zufrieden durchs Hundeleben.

Ricardo
Einundfünfzig Jahre, verheiratet, Besitzer des italienischen Ristorante »Da Ricardo« am Marktplatz. Nur zwei Dinge können ihm die Suppe versalzen: schlechte Pasta und eine Niederlage von Inter Mailand. Ein Lächeln seiner Frau Caterina versüßt ihm das Leben aber wieder.

Franziska von Roth
Ungeklärtes Alter, geschieden, Bürgermeisterin von Bad Löwenau, auch »Die Fürstin« genannt, weil sie die Geschäfte der Stadt nach Gutsherrenart führt. Wenn es um die Bewahrung des guten Rufs von Bad Löwenau geht, kennt sie weder Freund noch Feind.

Buchhändler Weimar
Zweiundsiebzig, verheiratet, versorgt die Bad Löwenauer mit guten Büchern und genauen Beobachtungen. Er ist ein klassischer Bücherfreund und liebt es, seine Bemerkungen zum Stand der Dinge in Reimform zum Besten zu geben.

Irmgard Rathenow
Einundachtzig, pensionierte Schullehrerin. Allem Neuen gegenüber aufgeschlossen, betreibt sie gleichzeitig historische Studien der Stadt. Wenn ihre ehemaligen Schüler Rubin und Bernstein zu Besuch kommen, lässt sie es nie an einem hochprozentigen Willkommenstrunk fehlen.

Iris Adler
Einundvierzig, unverheiratet und Inhaberin der Adler-Apotheke am Marktplatz. Sie sieht in Abendgarderobe wie im Apothekerkittel gleichermaßen blendend aus. Bernstein nannte sie in seiner Kolumne einmal »die attraktivste Pillendreherin seit Lucrezia Borgia«.

1

Aus den Augenwinkeln hatte er es kommen sehen. Etwas Dunkles, undeutlich wie ein Schatten, der blitzschnell auf ihn zuschoss.

Unaufhaltsam, mit tödlicher Präzision.

Er zuckte zusammen und zog den Kopf ein. Für einen kurzen Moment hatte er das Gefühl, die Zeit stehe still, und wie aus weiter Ferne hörte er sich rufen: »Vorsicht, Bernstein!«

Im nächsten Moment wurde er nach vorn katapultiert, und etwas schnürte ihm die Luft ab.

Bernstein war mit aller Kraft auf die Bremse getreten. Sein alter Jaguar E-Type V12 kam zum Stehen. Doch zu spät.

Es gab einen dumpfen Schlag. Dem folgte eine tiefrote Blutspur, die sich von links oben nach rechts unten über die Windschutzscheibe erstreckte.

Bernstein fuhr rechts ran. Er und der noch immer leicht benommene Rubin stiegen vorsichtig aus. Freitag, der Golden Retriever, der vom Rücksitz aus mit aufgestellten Ohren die Szene verfolgt hatte, sprang ins Freie und nahm sogleich Witterung auf.

Auf der Motorhaube des Wagens lag ein Vogel, offensichtlich ein Spatz. Er blutete vom Köpfchen her und war zweifelsohne tot. Der Aufprall musste den Vogel augenblicklich ins Jenseits befördert haben.

»Weidmannsheil und Weidmannsdank.« Bernstein schüttelte den Kopf. »Da hat ein motivierter Jäger ganze Arbeit geleistet, Halali!«

Außer ihnen war niemand auf der Landstraße unterwegs. Rubin richtete seinen Blick in die Ferne, in der ganzen Gegend war keine Spur einer Jägerei zu finden, keine Schüsse, kein Hochsitz, nichts. Als er den Vogel näher betrachtete, vermochte er kein Schrot im Gefieder zu entdecken, erst recht keine Kugel.

»Nein, Bernstein, dieser Vogel ist nicht erjagt worden«, widersprach er und versuchte gleichzeitig Freitag zu beruhigen, der in dem leblosen Tier ein neues Objekt zum Apportieren erblickte.

»Armer Spatz«, bemerkte Bernstein nachdenklich. »Glaubst du, Rubin, er ist wie einst der übermütige Ikarus vom Himmel gefallen, weil seine Flügel der Sonne zu nahe gekommen sind?«

»Sonne? Welche Sonne?« Rubin blickte zum farblosen Herbsthimmel hinauf. Er spürte die Kühle des Windes an den Schläfen und auf der Stirn.

Bernstein zerrte ein Stofftaschentuch aus der Innentasche seiner schwarzen original Pilotenjacke mit Lammfellkragen, die er über einem Tweedsakko in derb gewirktem grün-lila Fischgratmuster trug, und legte das Vögelchen darauf. Er trug es sanft, ja ehrerbietig, und bettete es in den Straßengraben, nachdem Rubin Freitag wieder auf den Rücksitz des Jaguars befohlen hatte.

»Ruhe in Frieden, kleiner Himmelsstürmer«, flüsterte Bernstein und breitete zuletzt das Taschentuch über den Vogel.

Wieder hinter dem Steuer, betätigte er als Erstes die Scheibenwischanlage, die er erst am Morgen aufgefüllt hatte. Dann trat Bernstein aufs Gas, und der alte Jaguar flog durch die Kurven der Landstraße, vorbei an Feldern, Wiesen und Wäldern. Bürgermeisterin Franziska von Roth hatte wie in jedem Jahr eine handverlesene Gruppe von Angestellten, Stadtabgeordneten und Vertretern der Wirtschaft zum Stadtgipfel in das beliebte Ausflugslokal »Waldesruh« geladen.

Es war zwanzig Minuten nach zwölf. Rubin und Bernstein waren spät dran.

2

Für die Bürgermeisterin und ihre Gäste war das frisch renovierte und mit Jagdtrophäen geschmückte Kaminzimmer eingedeckt worden. Es war eine geschlossene Mittagsgesellschaft. Ein loderndes Feuer, das auf den schweren Buchenscheiten tanzte, wärmte den Raum. Beim Eintreten schlug Rubin ein Geruchsgemisch aus Ruß und Rauch, würzigen, weinhaltigen Küchendüften und einem Durcheinander von Parfums entgegen.

Bürgermeisterin Franziska von Roth stand mit schulterlangem blondiertem Haar, schwarzem Rollkragenpullover und Perlenkette am Kopfende vor der mit rund zwanzig Personen besetzten Tafel, ein Manuskript in der rechten Hand.

Bernstein und Rubin mussten zur Kenntnis nehmen, dass sie die Letzten waren.

»Die Presse und die Polizei bitten die gemeinsame Verspätung gnädig zu entschuldigen«, sagte Bernstein. »Eine unverhoffte himmlische Begegnung hat uns kostbare Minuten gekostet. Haben wir etwas verpasst?«

Von Roth unterdrückte eine giftige Erwiderung auf Bernsteins Worte und nickte nur unbestimmt in Richtung Rubin. Die Freunde steuerten mit Freitag auf die letzten leeren Stühle am hinteren Ende der Tafel zu, während die Bürgermeisterin mit ihrer Ansprache fortfuhr.

»... denn, wie gesagt, was unsere Stadt vor allen anderen Städten auszeichnet, das ist das Engagement ihrer Bürger.

Und es ist eine lieb gewonnene Tradition unseres Stadtgipfels, dass wir …«

Die Gäste verfolgten vor leeren, mit kunstvoll gefalteten Serviettentürmchen verzierten Tellern und halb vollen Weißwein- oder Biergläsern mehr oder weniger aufmerksam die Ansprache.

»Und deshalb möchte ich an dieser Stelle allen danken, die ihren Beitrag dazu geleistet haben, dass Bad Löwenau das ist, was es ist. Ich weiß, dass die Arbeit …«

Gerade hatten sich Rubin und Bernstein so leise wie möglich auf ihren Stühlen niedergelassen, da wurde die Bürgermeisterin ein zweites Mal gezwungen, ihre Rede zu unterbrechen. Diesmal war es ein gellender Schrei, ausgestoßen von der Wirtin der »Waldesruh«, die mit bleichem Gesicht in das Kaminzimmer schwankte: »Der Wilfried, der Wilfried, der … der liegt da im Garten!«

Persönlich gekränkt und mit spitzen Lippen erkundigte sich die Bürgermeisterin, was geschehen sei.

Rubin und Bernstein verloren keine Zeit.

»Wie kommen wir am schnellsten in den Garten?«, wollte der Hauptkommissar wissen.

Die am ganzen Körper zitternde Frau zeigte mit dem Finger hinter sich. Rubin, Bernstein und Freitag eilten hinaus. Die anderen folgten zögerlich. Mit Ausnahme der Fürstin. Sie zerknüllte ihr Manuskript und warf es wutschäumend zu Boden.

3

Der Garten war von einer hüfthohen Bruchsteinmauer umgeben und grenzte an eine Wiese. In seiner Mitte stand ein Birnbaum. Von den Ästen herab hingen drei schwere geräucherte Schinken. Unter dem Baum lag ausgestreckt auf dem Rücken Wilfried Bauer, der Wirt der »Waldesruh«, in grauem Anzug und weißem Hemd, das Gesicht mit überraschtem Ausdruck zum Himmel gerichtet.

Neben ihm, im laubbedeckten Gras, befanden sich ein Tranchiermesser, eine angeschlagene weiß-blaue Emaille-Schüssel und ein umgekippter dreifüßiger Schemel.

Der Koch und drei Küchenhilfen starrten mit leeren, fassungslosen Blicken im Halbkreis auf den bewegungslosen Mann, auf den Rubin zielstrebig zusteuerte. Bernstein hingegen wahrte Distanz und hielt Freitag durch Stöckchenwerfen davon ab, sich auf ungestüme Weise ins Geschehen einzumischen.

Der Hauptkommissar nahm den Puls des Mannes. Er spürte ihn nicht. Er registrierte auch keinen Atemzug, der Brustkorb bewegte sich nicht einen Millimeter. Doch die Haut des Mannes war noch warm.

»Oh mein Gott, ist er …?«, rief eine der Küchenhilfen, die in ihrem dünnen T-Shirt schlotterte.

»Ich bin kein Mediziner, aber ich fürchte … Hat jemand den Notarzt benachrichtigt?«

»Jawohl, Herr Rubin«, antwortete der Koch der »Waldesruh«, der den Hauptkommissar sofort erkannt hatte.

Rubin entdeckte Blutspuren am Hinterkopf des Wirtes.

Nach und nach trudelten die anderen Gäste in den Garten. Hausmeister Schulte, der in Bad Löwenau die Schlüsselgewalt über alle öffentlichen Gebäude hatte, und sein zeitweiliger Gehilfe Ansgar Ott, den man nur »den verrückten Ansgar« nannte. Stadtrat Peter Röder verzog sein übliches Dauergrinsen zu einer aufgesetzten kläglichen Miene.

Seltsam, es schien, als erzeugten die Schritte der Herantretenden keinerlei Geräusche auf dem Gras, auch wagte keiner zu sprechen. Wie in stiller einsamer Andacht, wie auf einem Friedhof vor offenem Grab, traten sie vor den leblosen Mann, das Rauschen des Windes in den Ohren.

»Oh gütiger Gott, er hat sich das Genick gebrochen!« Auf dem Antlitz der Wirtin lag der grausam bittere Ausdruck des Entsetzens.

Judith Silberpfennig, die Sekretärin und seit Kurzem auch persönliche Assistentin der Bürgermeisterin von Roth, nahm sich ihrer an. Es war ihre Großtante mütterlicherseits.

»Wer hat ihn gefunden?«, fragte Rubin und ließ seinen Blick prüfend über die Anwesenden schweifen.

Eine Küchenhilfe meldete sich schüchtern.

»Und wer hat Herrn Bauer zuletzt gesehen?«

»Ich habe Wilfried vor zwanzig Minuten in den Garten geschickt, um ein paar Stücke Schinken zu schneiden«, antwortete der Koch.

Bernstein, der die ganze Zeit über mit gesenktem Blick und auf dem Rücken gefalteten Händen auf und ab spaziert war, schaltete sich jetzt mit Blick auf den Birnbaum in die Befragung ein. »Bei Lukullus und allem, was lecker ist! Wieso hängt Wilfried die schönen Schinken ins schlechte Wetter? Muss ein Schinken nicht trocken lagern?«

»Spezialrezept«, erwiderte der Koch.

»Hat Wilfried den Schinken immer persönlich geschnitten?«, wollte Bernstein weiter wissen.

»Klar, nur er darf da ran.«

Bernstein zeigte auf den umgekippten Schemel. »Und auf diesem Wackelpudding von einem Melkstuhl hat er regelmäßig den kulinarischen Balanceakt vollzogen?«

Der Koch nickte.

Rubin und Bernstein knieten sich neben dem Mann ins Gras, während Freitag, der unterdessen mit der Dalmatinerdame der Wirtsfamilie angebändelt hatte, fleißig Stöckchensuchen spielte.

»Was meinst du, Rubin? Donnerkeilschlag auf den Hinterkopf? Oder klassischer Genickbruch aus dem Lehrbuch für fortgeschrittene Tollpatsche?«, fragte Bernstein.

Rubin deutete auf den Hals des Mannes. »Siehst du die roten Striemen unter dem Kehlkopf, die Blutergüsse?«

Bernstein nickte mit großen Augen, und Rubin beugte sich über den Wirt, um mehr Details erkennen zu können, doch es gab sonst nichts zu entdecken. Allerdings nahm seine sensible Nase eine Vielzahl von Gerüchen wahr. Um der Wahrheit die Ehre zu geben, der Wirt stank. Rubin identifizierte so etwas wie abgestandene Zwiebelsuppe, was, wie er wusste, nichts anderes als alter Schweiß war. Dazu kamen wirkliche Küchendünste, die sich in den Kleidern festgesetzt hatten. Außerdem Nikotin und der säuerliche Geruch von Hochprozentigem.

Rubin fiel ein weiterer Geruch auf, etwas Herbes, beinahe Blumiges stieg ihm in die Nase, das gar nicht zu dem Wirt passte. »Seltsam«, murmelte er.

Das Sakko des Wirtes war vom Wind zurückgeschlagen worden, aus der linken Innentasche lugte ein Zettel zur

Hälfte heraus. Rubin wusste, dass er streng genommen die Untersuchung des Mannes und seiner Kleider der Spurensicherung überlassen musste. Aber er stand auf dem Standpunkt, was er hatte, das hatte er.

Rubin entblätterte den zweifach gefalteten, reichlich abgewetzten DIN-A4-Zettel, der sich als Lieferschein entpuppte.

»Eine Gemüselieferung«, bemerkte Bernstein.

Rubin drehte den Zettel um. Jetzt sahen sie mit Bleistift notiert:

Fettsack - Nutte ✓
Mutter - 10.000
Schnösel - Weihnachtsfeier

Rubin steckte den Zettel ein.

Der Himmel über dem Garten hatte sich während der Untersuchung verdüstert, über den Horizont fegten gewaltige Wolkenformationen.

Rubin griff zum Telefon und informierte die Spurensicherung.

Plötzlich schlug Freitag mit hellem, durchdringendem Bellen an, etwa drei, vier Meter von der Leiche des Wirts entfernt. Er hatte einen Ast entdeckt. Rubin musste ihn beruhigen. Doch Freitag gab keine Ruhe, bellte weiter, bis Rubin den Ast aufgenommen hatte. Was war so Besonderes daran, worauf wollte Freitag ihn hinweisen? Der Ast stammte offensichtlich vom Birnbaum und war frisch abgebrochen, nach den beiden hellen Enden zu urteilen. Sonst war nichts daran.

Doch halt, was war das? Der Ast verströmte einen Duft. Doch nicht allein nach Harz oder frischem Holz. Er erinnerte Rubin an das seltsame Aroma, das er eben an dem Wirt wahrgenommen hatte. Er wusste zwar noch nicht, um was es sich handelte, nur bei einem war er sich sicher: Es war zweifelsfrei derselbe Geruch.

»Gut gemacht, Freitag«, lobte Rubin und streichelte das Fell des Golden Retrievers, der schon wieder etwas im Gras entdeckt hatte – diesmal etwas Kleines, braun, blutig und tot: einen Vogel, nicht größer als der Spatz, der vor nicht allzu langer Zeit auf der Windschutzscheibe von Bernsteins Jaguar gelandet war.

»Heute muss Spatzentag sein«, grinste Bernstein. »Das ist schon der zweite gefiederte Freund, der tot vom Himmel gefallen kommt.«

Kaum hatte Bernstein diese für alle Schaulustigen trotz des Windzuges deutlich vernehmbaren Worte gesprochen, löste sich unvermittelt ein ganz in Schwarz gekleideter Mann aus der Mitte der Menschenmenge und trat schwankend und mit kleinen Schritten vor. Er reckte den spindeldürren, knochigen Zeigefinger seiner linken Hand in die Höhe und verkündete mit heller metallischer Stimme: »Das ist das erste Zeichen!«

4

Es war der verrückte Ansgar, der Gehilfe von Hausmeister Schulte, der diese Worte sprach, entgegen seiner sonstigen Natur überraschend klar im Ton, deutlich, laut und für alle unmissverständlich.

Nach einer Pause, in der betretene Stille unter den Zuhörern herrschte, fügte er leiser im Ton, doch drohender in der Gebärde hinzu: »Die Vögel fallen tot vom Himmel und fällen die Menschen. So geht die Geschichte. Seit alters her. Die Prophezeiung von Bad Löwenau!«

Mit einem Mal löste sich die gespenstische Stille auf. Die Zuhörer zeigten Reaktionen. Vereinzeltes überraschtes Auflachen durchdrang die Luft, undeutbares Gemurmel folgte, auch Kopfschütteln.

Bernstein bemerkte trocken: »Der süße kleine Spatz wird unseren gestandenen Wirt wohl kaum erschlagen haben.«

Rubin zog es vor zu schweigen und kümmerte sich um Freitag, dem der Mann mit dem strähnigen Haar und dem dürren Drohfinger nicht geheuer war.

Manch einer der im Garten Anwesenden, ein Stadtrat oder ein Innungsvertreter, entrüstete sich im Namen der Vernunft über die Ungeheuerlichkeit. Die Worte »ausgemachter Blödsinn« und »Was für ein pietätloser Unsinn« fielen. Aus den hinteren Reihen erklangen vermehrt die Rufe »Ammenmärchen!« und »Kinderkram«.

Und so hätte es weitergehen können, bis die Aufregung wie eine Seifenblase im Wind zerstoben wäre. Doch es kam anders. Hausmeister Schulte, der nicht weit von seinem Gehilfen Ansgar entfernt stand, stöhnte plötzlich laut auf. Grauenvolle und dunkle Laute entrangen sich seiner Kehle.

Alle Blicke waren nur auf Schulte gerichtet. Das hatte den Ausschlag gegeben: Hätte er, der handfeste anerkannte Mann, dem die Bad Löwenauer seit Jahrzehnten die Sicherheit ihrer öffentlichen Gebäude anvertrauten, nicht gestöhnt, die Worte des verrückten Ansgar hätten nichts weiter als eine Peinlichkeit oder eine dreiste Anmaßung bedeutet.

Doch so ging jetzt ein Raunen durch die Reihen.

»Das ist das erste Zeichen, sage ich. Schlimmeres Unglück wird folgen!«, fuhr Ansgar mit aufgerissenen Augen und einem monoton kalten Klang in der Stimme fort. »Not und Schrecken werden mit dem zweiten Zeichen über die Stadt kommen. Die Menschen werden keuchen und husten, und es werden wilde Winde wehen. Dann setzt der große Regen ein, unerbittlich wie die Sintflut. Doch damit nicht genug! Mit dem Regen wird ein geheimnisvoller Fremder in die Stadt kommen. Niemand wird wissen, von woher er kommt. Niemand wird wissen, wohin er geht. Und mit diesem Fremden wird das Unheil unaufhaltsam seinen Lauf nehmen. Bis zum Ende! Bis zum Ende! Bis zum bitteren Ende!«

Niemand wagte es, den verrückten Ansgar zu unterbrechen. Jeder war ganz Ohr, meist wider Willen.

Nach Ende seiner Verkündigung blickte der schwarze Prophet mit den stechenden Augen lange zum Himmel und schien eine bestimmte düstere Wolke anzuvisieren. Er keuchte kurz und kräftig, wischte sich die Stirn, dann wankte er davon, wortlos an den Reihen der verwirrten, bewegungsunfähigen Menschen vorbei.

Hausmeister Schulte, noch immer mit Leidensmiene, musste von zwei Männern gestützt werden.

Nun richteten viele der Anwesenden ihre Augen zum schwarzen Himmel empor. Konnte das, was sie erblickten, eine Täuschung sein? Hatte sich der Himmel in den letzten Minuten nicht tatsächlich verändert, verwandelt, verdüstert, schweres Wetter, Regen, ja tödliche Stürme ankündigend?

Franziska von Roth, die Fürstin, hatte während Ansgars Ansprache abseits in der Nähe der Mauer gestanden und alle Versammelten aufs Genaueste beobachtet; die graue, verunsicherte Menschenmenge, den leidenden Hausmeister Schulte, den verrückten Ansgar, Rubin und Bernstein. Die Miene der Bürgermeisterin zeigte nicht mehr die versteinerte Wut von eben. Auf ihrem Antlitz zeichnete sich kaum merklich die Andeutung eines Lächelns ab, das überlegene, wissende dunkle Lächeln eines Menschen, der mehr gesehen hat und mehr gehört zu haben scheint als alle anderen.

5

Als der Notarzt erschien, brachte seine Anwesenheit so etwas wie Normalität ins Geschehen zurück. Ein Toter, ein Sanitäter, der Versuch einer Wiederbelebung – all das waren die bekannten Bestandteile eines Vorgangs, den jeder erwartete, wirklicher und greifbarer als die Prophezeiungen einer alten Sage durch einen strähnigen Handlanger.

Auch das Erscheinen der Spurensicherung besaß etwas Normales, wenn auch die in weiße Schutzanzüge gehüllten Männer reichlich bizarr wirkten, wie zwei ferngesteuerte Gespenster bei der Arbeit, die Blicke stier, die Abläufe reine, stumpfe Routine.

Rubin übergab dem älteren der beiden Männer den Ast vom Birnbaum, den Freitag entdeckt hatte, als Beweisstück. Er bat um eine Untersuchung auf eventuelle synthetische Duftstoffe.

»Sie tragen keine Handschuhe, Herr Hauptkommissar«, rügte der Beamte. »Wie üblich halten Sie das nicht für nötig.«

Rubin entschied sich, nicht auf die Zurechtweisung einzugehen. Er wunderte sich schon lange nicht mehr über die Kollegen, über ihren Missmut und die ständigen Vorwürfe. Womöglich gehörte die Übellaunigkeit zu den Einstellungsbedingungen für Spurensucher.

»Ich melde mich bei Ihnen wegen des Ergebnisses«, sagte Rubin.

»Nein, wir rufen Sie an, sobald wir etwas wissen«, entgegnete der andere.

»Also gut. Und wann rechnen Sie mit dem Ergebnis der genauen Todesursache?«

»Sobald die Untersuchung abgeschlossen ist, Herr Kollege«, antwortete der Beamte barsch und kehrte Rubin den Rücken. Er machte sich an die Untersuchung der Leiche.

Rubin dachte nach. Wie sollte er jetzt vorgehen? Sollte er alle Anwesenden befragen, die hier im Garten versammelt waren? Das würde Stunden dauern. Und das Küchenpersonal? Er beschloss, sie später zu befragen, nachdem die erste Welle des Schocks abgeebbt sein würde. Er wollte den Mann einer Befragung unterziehen, der diese seltsamen Worte gesprochen hatte: der verrückte Ansgar.

»Ich kann ihn nirgends entdecken«, sagte Bernstein.

Also gut, dann würde eben auch das später folgen. Rubin zog den Zettel des Wirtes aus der Tasche und stellte sich so neben Bernstein, dass die Männer von der Spurensicherung ihn nicht sehen konnten.

»Fettsack – Nutte«, sagte er zögerlich und sah dabei Bernstein in die Augen. Dann las er langsam die anderen Worte vor. »Was hat das zu bedeuten, Bernstein?«

»Höchstwahrscheinlich handelt es sich um eine Fingerübung experimenteller Lyrik. Unser Wirt wollte an Buchhändler Weimars Gedichtwettbewerb teilnehmen und hat geübt.«

»Dazu fehlen die Reime.«

»Teufel noch eins! Das ist allerdings richtig. Doch ›Fettsack – Nutte‹ besitzt zumindest eine gewisse poetische Anschaulichkeit.«

»Ich kann mir noch keine Vorstellung machen.«

Bernstein lachte laut auf und legte den Arm um die Schulter seines Freundes. »Du bist wirklich zu lange fort gewesen, Rubin. Gewisse Entwicklungen in Bad Löwenau sind offensichtlich an dir vorbeigegangen.«

»Hilf mir auf die Sprünge, Bernstein.«

»Nun, sieh dich um! Die schöne ›Waldesruh‹ hier, einsam und verschwiegen inmitten der Schönheit von Flora und Fauna, ist nicht nur ein Ort für kulinarische Genüsse, sondern auch ein Ort für gewisse andere Vergnügungen zwischenmenschlicher Natur.«

Rubin blickte sich ungläubig um.

»Dort hinter dem Haupthaus«, fuhr Bernstein fort, »gibt es einen Anbau mit einem – wie soll ich mich ausdrücken – Fremdenzimmer für Menschen, die entschlossen sind, ihre Fremdheit in einem geplanten Akt lustvoller Vereinigung zu überwinden.«

»Ein Stundenhotel?«

»Sagen wir es so: Wilfried vermietete den Luxus vorübergehender Freiheit in der Abgeschiedenheit der ›Waldesruh‹ mit Rundumservice inklusive Diskretion.«

Rubin rieb sich das Kinn. »Du kennst dich aber gut aus, Bernstein.«

»Man hat es mir so zugetragen.« Bernstein spitzte den Mund.

»Wie gut kennst du den Wirt?«, fragte Rubin nach einer Weile.

»Ich kenne ihn gut genug, um zu wissen, dass man ihn nicht unbedingt kennenlernen muss. Obwohl seine Schinkenspezialitäten nach Geheimrezept ein Genuss sind.«

»Ich schätze, er hat sich mit seinem Geschäftsmodell nicht nur Freunde gemacht.«

»Deshalb hat ihn ja auch jetzt der Fluch der Prophezeiung getroffen«, grinste Bernstein.

»Ein Wahnsinn«, sagte Rubin kopfschüttelnd.

»In der Tat, die alte Sage hat eingeschlagen wie ein volltrunkener Fuchs im Hühnerstall.«

»Erstaunlich. Dabei ist die Geschichte ein alter Hut. Jeder kennt sie.«

»Mehr oder weniger zumindest. Du erinnerst dich, dass wir die alte Sage in der Oberstufe bei unserer Irmgard behandelt haben.«

Rubin erinnerte sich.

»Schon damals«, sagte Bernstein, »habe ich nicht verstanden, was das Geheimnisvolle an der Mär sein soll – Scheißwetter, Erkältungen, Dauerregen und Stürme. Das ist keine Prophezeiung, das ist der ganz normale Herbst in Bad Löwenau!«

»Du hast den Toten vergessen. Und die Vögel.«

»Bei Alfred Hitchcock und allen Spielfilmtricksern! Jetzt fängst du auch noch mit diesem Hokuspokus an.«

Rubin brach in Gelächter aus.

Inzwischen waren sie neben den Männern von der Spurensicherung die Letzten im Garten. Die Bürgermeisterin hatte den Stadtgipfel nach dem Todesfall offiziell aufgelöst und war nach Rücksprache mit Rubin in die Stadt zurückgekehrt.

Auch der Hauptkommissar fuhr mit Bernstein nach Bad Löwenau zurück.

Und obwohl Bernstein den Worten der Prophezeiung keinen Glauben schenkte, achtete er dennoch während der gesamten Rückfahrt mit größter Umsicht auf eventuell herabstürzende Spatzen.

Doch diesmal fiel kein einziger vom Himmel.

6

Vom Fenster ihres Büros im obersten Stock des Rathauses, hoch über den Dächern von Bad Löwenau, blickte Bürgermeisterin von Roth hinab auf das herbstlich leer gefegte Kopfsteinpflaster des Marktplatzes.

Am Löwenbrunnen schöpfte ein einsamer alter Mann mit einer Milchkanne sein Heilwasser. Hie und da schlenderte jemand mit hochgeschlagenem Jackenkragen vorüber, um in einer der schmalen Gassen zu verschwinden. Die beiden Schachspieler – der eine groß und hager, der andere klein und rundlich –, die bei jedem Wetter spielten, standen wie üblich hinter ihren riesigen Figuren einander gegenüber und überlegten stumm die nächsten Züge.

Nein, es war eine einzige gähnende Leere in Bad Löwenau, ein einsames Grau in Grau.

»Eine Schande ist das«, murmelte von Roth und nippte an ihrem frischen Milchkaffee.

Seit Jahren suchte sie verzweifelt nach einer Idee, um die tote Sauregurkenzeit des Herbstes nach der sommerlichen Hochsaison touristisch nutzbar zu machen. Bisher, das gestand sie sich ein, waren sämtliche Versuche gescheitert. Der kostspielige Bau eines Erlebnisbades mitsamt gigantischer Kinoleinwand zum Poolwatching; die kulinarische Schnitzeljagd durch die historischen Viertel der Stadt mit Überraschungsmenüs für die Gewinner; die Neuwagenpräsentationen mit gleichzeitiger Dessousschau in einem auf tropische Temperaturen aufgeheizten Pavillon auf dem

Marktplatz – dies alles hatte nur kurzfristig für einen Touristenstrom gesorgt und am Ende die Stadt mehr gekostet, als sie eingenommen hatte. Nein, es hatte stets an einer wirklich zündenden Idee gefehlt.

Bis heute.

Seitdem die Fürstin die Worte der Prophezeiung des verrückten Ansgar gehört und nachdem sie die Reaktionen der Menschen erlebt hatte, spukte ihr ein einziger Gedanke im Kopf herum – groß, kühn und an Attraktion nicht zu überbieten. Eine geniale, eine einzigartige Marketingidee!

Bad Löwenau, die Stadt der Prophezeiung!

Die Bürgermeisterin sah schon die vielfarbigen Anzeigenspalten im Bad Löwenauer Anzeiger vor ihrem geistigen Auge, die Plakatwände, die Werbefilme auf TV 4. Sie hatte nicht den Anflug eines Zweifels, dass die Kampagne, die ihr vorschwebte, Abertausende von Touristen in die Stadt locken würde.

Bad Löwenau im Blickpunkt – wird das Unheil die Stadt verschlingen? Welche Zeichen werden wahr? Und am Ende, was wird am Ende sein?

Von Roth schüttelte sich, ihr Herz raste, sie ballte die Faust.

Sie wusste aber auch: Zunächst war eine schwierige Hürde zu überwinden. Sie musste die Legitimität der alten Sage bestätigen lassen. Eine wissenschaftliche Untermauerung war unverzichtbar. Es musste verhindert werden, dass die Menschen die Prophezeiung als albernen Aberglauben abtun konnten. Mit altbackenem Hokuspokus lockt man keinen toten Karpfen hinter dem Ofen hervor. Mit wissenschaftlich fundiertem schon eher.

Von Roth trat ins Vorzimmer zu Judith Silberpfennig, die

gerade an einer Rede schrieb, die die Bürgermeisterin am nächsten Morgen vor der Stadtkämmerei zu halten hatte.

»Wie geht es der Wirtin, Ihrer Großtante, Judith?«

»Sie ist bei ihrer Tochter und ihrem Sohn.«

»Das ist schön zu hören, im Kreise der Familie lässt sich der Schicksalsschlag am besten verarbeiten. Bitte schicken Sie ihr ein offizielles Kondolenzschreiben der Stadt.«

»Möchten Sie persönlich unterzeichnen?«

»Selbstverständlich. Und weisen Sie bitte an, die Rechnung für das Festessen umgehend zu begleichen.«

»Ja, aber –«

»Kein aber! Die Stadt zeigt sich großzügig, unbürokratisch, ohne großes Federlesen.«

Judith nickte.

»Und noch etwas. Was wissen Sie über diese seltsame Prophezeiung von heute Mittag?«

Judith zog die Stirn in Falten. »Nur das, was ich in der Schule gelernt habe. Was jeder weiß, der aus Bad Löwenau kommt. Verzeihen Sie, ich wollte nicht –«

»Keine Ursache.«

Die Bürgermeisterin verstand die Anspielung und lächelte charmant über sie hinweg. Sie war vor zwanzig Jahren aus der Großen Stadt nach Bad Löwenau gekommen. Seither verwendeten ihre politischen Gegner mit System und unermüdlichem Eifer das Argument gegen sie, dass sie keine Einheimische war.

»Also diese Geschichte. Was wissen Sie?«, wiederholte die Bürgermeisterin.

»Es ist eine alte Legende. Aus dem Mittelalter, glaube ich. Ich kann mich nicht an Details erinnern. Aber ich glaube, ich weiß, wer sie kennt. Meine pensionierte Lehrerin Irmgard Rathenow.«

»Ist das nicht die Dame, die gemeinsam mit Carl Bernstein diese historischen Stadtartikel veröffentlicht?«

»Ja, genau.«

Von Roth überlegte einen Moment, dann sagte sie freundlich, aber mit unmissverständlicher Bestimmtheit:

»Wählen Sie ihre Nummer und stellen Sie das Gespräch in mein Büro. Und zwar umgehend!«

7

Nicht weit vom Rathaus entfernt, ebenfalls auf dem Marktplatz, in ihrer ruhigen Wohnung mit Blick auf den Löwenbrunnen, begrüßte die einundachtzigjährige pensionierte Lehrerin Irmgard Rathenow ihre Gäste: Rubin, Bernstein und Freitag.

Der Willkommenstrunk war bereits geöffnet.

»Und jetzt erst einmal Prost, ihr beiden«, strahlte Irmgard, die wie stets elegant gekleidet und tadellos geschminkt war.

»Prost, Irmgard.«

Rubin schüttelte sich, ein Schauer lief ihm über den Rücken, aber kein wohliger. Er konnte dem Brennen des Wacholders nichts abgewinnen, doch er brachte es auch nicht fertig, seiner Lehrerin einen Korb zu geben.

Bernstein ging es mit dem Wacholder anders, er strahlte und schien das fiebrige Gefühl, das der Alkohol erweckte, zu genießen.

»Noch einen, Jungs?«

»Vielleicht später«, winkte Rubin ab.

Bernstein wirkte enttäuscht.

Der Hauptkommissar kam auf die Prophezeiung von Bad Löwenau zu sprechen.

»Was genau willst du wissen, Christoph?«, fragte Irmgard.

Rubin erzählte vom Tod des Wirtes in der »Waldesruh« am Mittag und was danach geschehen war, vom Auftritt des verrückten Ansgar und den toten Spatzen.

»Ich bin schon über alles informiert.«

Rubin blickte erstaunt.

»Ansgar hat in der Schule immer gut aufgepasst«, sagte Irmgard. »Ein Jammer, was aus dem Jungen geworden ist. Er war so talentiert, so intelligent und jetzt … das.«

»Als ich ihn am Mittag sah, war mein erster Gedanke, er erinnert mich an jemanden von früher«, sagte Rubin.

»Selbstverständlich kennst du den verrückten Ansgar aus der Zeit, als er noch nicht verrückt war«, erklärte Bernstein. »Er ist drei Jahre älter als wir und war ein absoluter Überflieger, hat ein lupenreines Abitur hingelegt und einen Schulpreis nach dem anderen abgesahnt.«

Allmählich dämmerte es Rubin. »Was ist mit ihm geschehen?«

»Zu viel gewagt, zu viel gewollt«, sagte Bernstein. »Ansgar ist nach dem Abitur nach Indien gegangen, zur Selbstfindung. Dann folgte die klassische Sektenkarriere. Vom Guru zum Schamanen und wieder zurück. Und zwischendrin ordentlich Koks, LSD und Heroin, um der Erleuchtung auf die Sprünge zu helfen.«

»Ist er ein Junkie?«

»Nein, ich glaube, mittlerweile ist er von den Drogen weg. Er säuft stattdessen wie ein leckes Loch bei Dauerregen.«

Rubin atmete tief durch. »Ich muss ihn unbedingt sprechen.«

»Wann, jetzt?« Bernstein sah auf die Uhr.

»Ja, gleich im Anschluss.«

»Vergiss es, alter Räuberhauptmann. Zur jetzigen Zeit am Nachmittag ist Ansgar nur mehr befähigt, seinen Nachnamen auszustottern. Besser, du wartest bis morgen und passt den einen genialen Moment zwischen Katerstimmung und Neubefüllung ab.«

Rubin sah zu Irmgard herüber, während diese zaghaft

fragte: »Meinst du, Christoph, der arme Ansgar hat was mit dem Tod des Wirtes zu tun?«

Zum jetzigen Zeitpunkt konnte Rubin noch gar nichts sagen, also sagte er nichts und fragte stattdessen: »Sag mal, Irmgard, was genau ist der Hintergrund dieser Prophezeiung?«

Irmgard starrte ihn an. »Das fragst du im Ernst? Ich habe den dringenden Verdacht, du hast damals nicht aufgepasst, als wir das Thema durchgenommen haben.«

Rubin kratzte sich am Schädel und schielte verstohlen zum breit und genüsslich grinsenden Bernstein herüber.

»Also gut, dann ist es Zeit, dass wir fortfahren mit der Lektion«, sagte Irmgard in strengster Pädagogenmanier der achtziger Jahre und mit herausforderndem Funkeln in den Augen, während sie entschlossen von ihrem Stuhl aufsprang.

»Oh nein, Irmgard, beim Barte des Pestalozzi«, stöhnte Bernstein. »Bitte keine Lehrstunde mehr, die Schule ist aus!«

Doch Irmgard ließ sich nicht aus dem Konzept bringen. »Wiederholung, Carl. Wann wurde die Prophezeiung zum ersten Mal erwähnt?«

»Oh, so im finsteren, hexenverbrennenden Mittelalter?«, antwortete er gespielt zaghaft.

»Mittelalter ist ein dehnbarer Begriff. Wann genau?«

»Um die Zeit Karls des Großen«, grinste er.

»Carl, du Spaßvogel! Du hast dich um knapp siebenhundert Jahre vertippt. Zumindest stimmt die Epoche, wenn es sich auch ums Spätmittelalter handelt.«

Bernstein schlug sich mit der flachen Hand auf den Oberschenkel.

»War das damals die erste Erwähnung der Prophezeiung?«, fragte Rubin.

»Ja, genau, und zwar zur Zeit unserer Stadtgründung. Wann war die?«

»Irmgard, hast du das Pausenklingeln nicht gehört? Die Stunde ist aus!«, rief Bernstein.

»1492«, sagte Rubin mit Seelenruhe. »Das Jahr der Gründung von Bad Löwenau!« Er warf Bernstein einen triumphierenden Blick zu.

»1492?«, wunderte sich dieser. »Ich habe mit dem Datum bislang etwas anderes verbunden, kann aber nicht so wichtig gewesen sein.«

Irmgard nahm wieder zwischen ihren Schülern Platz und füllte die Gläser erneut mit Wacholder. »Also, Jungs, es geht doch noch ganz gut auf unsere alten Tage«, grinste sie.

Doch Rubins und Bernsteins Neugierde war noch nicht gestillt. Wer hatte seinerzeit die Prophezeiung ausgesprochen?

Kurz nach der Stadtgründung habe ein wohlhabender Kaufmann eine Erscheinung gehabt, oder, wie man damals sagte, ein Gesicht, erklärte Irmgard. Die Zeichen, die er nannte, waren dieselben, die Ansgar heute wiederholt hatte: tobende Stürme, Regen, schwer wie die Sintflut. Blinde Panik habe damals daraufhin in der Stadt um sich gegriffen, die zu Mord und Totschlag führte. Die einen sahen die strafende Hand ihres Gottes im Spiel, welche die eitlen Sünder zur Einkehr zwingen wollte. Andere entdeckten in den Zeichen eine Aufforderung, die Stadt zu plündern, was auch geschah. Nach zeitgenössischen Berichten und Tagebuchaufzeichnungen mussten zahlreiche Gebäude den Plünderungen zum Opfer gefallen sein. Kunstgegenstände, Handelsware, Essensvorräte, ja gar wertlose Kleider und persönlicher Tand wurden geraubt und außer Stadt gebracht.

»War dies schon das große Unheil, das die Prophezeiung vorhergesagt hatte, oder folgte noch mehr?«, fragte Rubin.

»Für die Menschen war es Unheil genug, auch ohne Pest und Cholera«, antwortete Irmgard, offensichtlich innerlich bewegt.

»Sind eigentlich alle Zeichen wahr geworden?«, fragte Bernstein. »Ich meine, sind wirklich die Vögel wie gefiedertes Manna vom Himmel gefallen?«

»So behaupten es zumindest die Berichte. Die Straßen und Plätze, Äcker und Wiesen sollen von toten Vögeln übersät gewesen sein.«

»Dreimal schwarzer Kater!«, rief Bernstein. »Die wussten, wie es geht. Wenn schon übertreiben, dann richtig.«

Sie schwiegen eine Weile, während der scheinbar jeder seinen eigenen Gedanken und Vorstellungen nachhing. Freitag hatte seinen Napf zur Hälfte geleert.

Schließlich fragte Rubin: »Und der Fremde, von dem auch Ansgar heute gesprochen hat, kam er damals wirklich?«

Irmgard antwortete nicht gleich. »Es gibt widersprüchliche Aussagen über ihn. Wenige Quellen behaupten sogar, er sei nie aufgetaucht. Zumindest stimmen alle Berichte, die ihn gesehen haben wollen, darin überein, dass er – wie man seinerzeit sagte – ein Mann aus dem Norden war.«

»Ein Normanne?«, fragte Rubin.

»Nein, eher ein Angelsachse oder ein Bretone.«

»Und was hat der Fremde so Fremdartiges getan?«, wollte Bernstein wissen.

»Darüber schweigen die Quellen. Es gibt vereinzelte Hinweise, dass die Geschichte in einem verschollenen Buch aufgeschrieben worden sein soll. Ich habe schon Buchhändler Weimar kontaktiert. Genaueres wusste er aber leider auch nicht. Er hat versprochen, der Sache auf den Grund zu gehen.«

Irmgard Rathenow sprach die letzten Worte leise entrückt, im Geiste schon ganz und gar bei ihrer neuen spannenden Aufgabe.

»Alle Achtung, du wirfst dich ja mächtig ins Zeug, Irmgard«, scherzte Bernstein und strich seiner Lehrerin anerkennend über den Oberarm, die daraufhin aufschreckte und augenblicklich wieder in der Gegenwart angekommen war. »Nun ja, ich will ja gründlich vorbereitet sein. Ich will mich ja nicht blamieren. Schließlich bin ich die historische Beauftragte der Kommission.«

Rubin und Bernstein wechselten ungläubige Blicke.

»Welche Kommission?«, wollte Rubin wissen.

»Die offizielle Prophezeiungskommission der Stadt Bad Löwenau, einberufen von der Bürgermeisterin persönlich. Zur wissenschaftlichen Aufarbeitung der aktuellen Vorfälle.«

Sie blickte auf die Uhr. »Mensch, wo ich es sage. Ich muss mich sputen. Die konstituierende Sitzung beginnt in einer halben Stunde, und ich will mich noch frisch machen. Seid mir nicht böse, Jungs.«

Sie ergriff ihr Glas Wacholder und kippte es auf einen Zug hinunter.

8

Freitag fiepte und wollte zuerst nicht weiter, Rubin konnte ihn jedoch überzeugen und wunderte sich dann. Die »Waldesruh« war hell erleuchtet und voller Gäste, rauschender, lautstarker Restaurantbetrieb, als ob nichts geschehen wäre. Die Frau des toten Wirtes bediente mit einem geduldigen Lächeln und geübter Zuvorkommenheit. Der blanke Ausdruck des Entsetzens vom Mittag war einer geschäftsmäßigen Maske gewichen.

»Wir konnten die Gäste nicht abbestellen. Wir haben Reservierungen, Herr Hauptkommissar. Außerdem hat Wilfried immer gesagt: ›Das Geschäft geht vor.‹«

Das war ihre Erklärung. Rubin stellte als Nächstes die üblichen Fragen, die er stellen musste, die zu jeder Ermittlung notwendig dazugehörten – ob ihr Mann sich auffällig verhalten habe, wann sie ihn zuletzt gesehen hatte und so weiter. Rubin notierte die Antworten in sein Notizbuch: Die Frau konnte oder wollte nichts Besonderes berichten.

Als der Hauptkommissar sich nach dem einzigen Fremdenzimmer erkundigte, das es in der »Waldesruh« zu mieten gab, huschte ein Schatten der Überraschung über das Gesicht der Witwe.

»Kann ich das Zimmer sehen? Oder ist es zurzeit belegt?«, fragte Rubin.

»Es steht leer. Ich hole den Schlüssel.«

Es ging über den Hof zu einem Anbau mit separatem Eingang. Ein Bewegungsmelder schaltete das Licht ein, und

Freitag bellte los. Er war sehr nervös hier draußen. Dem Golden Retriever gefiel es nicht in der »Waldesruh«.

Das Fremdenzimmer unterschied sich in nichts von allen Fremdenzimmern irgendwo auf der Welt, die Rubin gesehen hatte, und es verströmte auch den üblichen Geruch, den er, einmal wahrgenommen, nie wieder vergessen konnte. Es roch nach den Ausdünstungen schlafender Menschen, nach dem Waschmittel der Bettwäsche und nicht zuletzt nach Küchendünsten. Woher kamen sie? Rubin brauchte einen Moment für die Antwort: Die Wirtin und er hatten sie in ihrer Kleidung mitgebracht.

Der Raum war weder auffallend gemütlich noch besonders extravagant eingerichtet. Er beinhaltete alles, was es brauchte: ein französisches Doppelbett, zwei Nachtschränkchen, einen Schreibtisch, einen Flachbildfernseher. Das Bad mit Duschkabine war bis zur Decke gekachelt.

Rubin rief sich die Worte Bernsteins in Erinnerung – hier also hielten die Bad Löwenauer und andere Gäste ihre Schäferstündchen ab.

Das gab die Wirtin so direkt allerdings nicht zu. Sie behauptete, das Zimmer würde ausschließlich von Gästen genutzt, die, nach dem Genuss erlesener Weine fahruntüchtig geworden, den Heimweg nicht mehr antreten konnten.

»Haben Sie eine Liste der letzten Übernachtungen? Oder ein Meldeverzeichnis?«, wollte Rubin wissen.

Die Wirtin stockte, und Rubin konnte erkennen, dass sie sich eine Antwort fieberhaft ausdachte. »Das war Wilfrieds Metier. Ich kann nicht sagen, wo er seine Unterlagen aufbewahrt hat.«

Rubin hatte genug gesehen. Er ließ sich den Weg in die Küche zeigen.

Hier herrschte Hochbetrieb, der Koch rief den Küchenhilfen von seinem Herd aus Anweisungen zu. Vorsorglich hatte Rubin Freitag vor der Tür angebunden – die Gerüche wären zu viel für ihn gewesen.

»Haben Sie Ihren Chef, nachdem er in den Garten zum Schinkenschneiden gegangen ist, noch einmal gesehen?«, fragte Rubin den Koch, der sich für wenige Augenblicke von seiner Arbeit, dem Verfeinern einer nach Zwiebeln, Thymian, Knoblauch und ordentlich Butter duftenden Fleischsoße, losreißen konnte.

»Nein, Herr Hauptkommissar. Der Chef ist raus, ich hab Schinken gebraucht, und ich hatte zu tun. Sie sehen ja, was hier den ganzen Tag los ist. Da bleibt keine freie Minute. Gerade heute.«

»Wieso?«

»Heute ist der Wurm drin. Der Tag hat schon chaotisch angefangen. Ausgerechnet beim Stadtgipfel fällt uns in der Herrentoilette die Spülung aus, sodass alle aufs Frauenklo müssen. Der Klempner verspricht zu kommen, kommt aber nicht, der Sack! Und als Nächstes liegt Wilfried tot unterm Birnbaum. Ein richtiger Scheißtag!«

Der Koch schielte angespannt auf seine Soße und fragte, ob er noch gebraucht würde. Rubin entließ ihn zurück an seinen Herd, wo er augenblicklich eine brodelnde Masse in einem riesigen Topf mit Rotwein löschte.

Im hinteren Teil der Küche erkannte der Hauptkommissar die junge Frau wieder, die behauptet hatte, den toten Wirt im Garten entdeckt zu haben.

»Können wir einen Moment vor die Tür gehen?«, fragte Rubin, den die Dünste in der Küche zu benebeln begannen.

Die Frau nickte, und sie traten durch eine Metalltür auf eine Steintreppe hinaus. Der Garten mit dem Birnbaum lag vor ihnen.

Die kühle Abendluft tat gut. Die Frau zündete sich eine Zigarette an und zog gierig daran.

»Ich habe es längst schon sagen wollen, aber …«

Die Frau zitterte, ihre Haut war bleich und ihr Haar stumpf. Rubin sah, sie arbeitete zu viel.

»Was meinen Sie?«, fragte er mit beruhigender Freundlichkeit im Ton.

»Heute Mittag, meine ich. Ich habe hier gestanden und eine geraucht, genau wie jetzt. Ich habe den Chef gesehen, wie er den Schinken geschnitten hat, und da war noch jemand. Das heißt, na ja, wie soll ich sagen, richtig gesehen habe ich es nicht …«

»Warum nicht?«

»Ja, deshalb, weil ich gerade Zwiebeln geschält und die Hände noch voll hatte. Und da stehe ich hier, und mein Auge juckt, und da habe ich gekratzt, aber dummerweise mit der Zwiebelhand, und das hat so gebrannt, dass ich vor Tränen gar nix mehr sehen konnte.«

»Können Sie zumindest sagen, ob es sich um einen Mann oder um eine Frau handelte?«

Sie stieß eine große blaue Wolke Rauch aus. »Puh, ich weiß es nicht. Ich will ja auch nix Falsches sagen. Ist das eigentlich hier ein Verhör, Herr Kommissar?«

»Nein«, beruhigte Rubin. »Also, Sie haben nur Schemen gesehen, nicht wahr?«

»Genau so ist es.«

»War die Person groß oder klein? Bewegte sie sich rasch oder langsam?«

Die Frau überlegte. »Die Person war nicht dick und ungefähr so groß wie Wilfried. Nun, Wilfried war ja kein Hüne, also eher so normal. Sportlich irgendwie.«

Rubin überlegte – für die Anfertigung eines Phantombildes waren diese Aussagen zu dünn. An der Stelle würde er nicht weiterkommen.

»Haben Sie Stimmen gehört? Gab es einen Streit?«

»Streit ja, ich glaube schon. Ich bin dann allerdings wieder rein, das Auge auswaschen.«

Die Frau zertrat ihre Zigarette auf dem Boden, der bereits mit etlichen Stummeln übersät war. Sie rückte sehr dicht an Rubin heran, und mit dem Ausdruck purer Angst auf dem Gesicht flüsterte sie: »Ich glaube, ich weiß, wer es war.«

»So?«

»Es liegt doch auf der Hand.«

»Was?«

Die Frau riss die Augen auf. »Na, der Fremde war es. Er ist schon hier. Mitten unter uns!«

Rubin verstand nicht sogleich. »Welcher Fremde?«

»Wie, das fragen Sie? Sie waren doch heute Mittag selbst bei der Verkündigung dabei! Der Fremde aus der Prophezeiung war es, der Wilfried heimgesucht hat. Der Fremde mit der kalten Hand des Todes«, hauchte die Frau, gespenstisch bleich und zitternd wie ein verlorenes Kind.

9

Das Treffen der eilends einberufenen Prophezeiungskommission fand im Sitzungssaal des Rathauses statt. Irmgard Rathenow traf als Letzte ein, die anderen diskutierten bereits die wesentlichen Punkte bei Schnittchen und Kaltgetränken.

Die Zahl der Kommissionsmitglieder war übersichtlich. Es handelte sich neben Irmgard um Dr. von Rehheim, den Glücksmediziner und Fernsehmoderator, und Adam Mausinger, den katholischen Pfarrer der Franziskusgemeinde, der größten Kirchengemeinde von Bad Löwenau.

»Ich freue mich, ich freue mich. Willkommen im Team«, trällerte Dr. von Rehheim in einem hellen, singenden Tonfall. Er begrüßte »die hochverehrte Expertin für Stadtgeschichte« mit gestenreichem Überschwang, freundschaftlich, ja fast vertraut, als ob sie seit Jahren miteinander bekannt wären. In Wahrheit begegneten sie einander zum ersten Mal.

Dr. von Rehheim war Mitte vierzig, hatte aber die Pausbacken eines Musterschülers aus der zwölften Klasse. Er besaß eine florierende Praxis in der Kurklinik und gab alle zwei Wochen ein Seminar mit dem Titel »Lach dich frei zu deinem Glück«, das auf ein Jahr im Voraus ausgebucht war. Auf TV 4, dem Bad Löwenauer Sender, moderierte er eine medizinische Ratgebersendung, die sich großer Beliebtheit erfreute.

Die Begrüßung Irmgards durch Pfarrer Adam Mausinger fiel zurückhaltender, wenn auch nicht weniger freundlich aus. Der Geistliche war etwas jünger als der Mediziner, hatte gepflegtes graues Haar, ein männliches Kinn und nussbraune Augen. Da Irmgard nicht zur Kirche ging, kannte sie Mausinger nicht persönlich. Sie war überrascht, wie gut aussehend der Priester war, und musste an einen bestimmten amerikanischen Filmschauspieler denken, dessen Name ihr allerdings nicht einfallen wollte.

Wie Irmgard, so waren auch die beiden anderen Kommissionsmitglieder von Bürgermeisterin Franziska von Roth persönlich berufen worden – aufgrund ihres Ansehens und ihrer jeweiligen Fachkompetenz, repräsentativ für die Bevölkerung von Bad Löwenau.

Die drei einigten sich, dass jeder zunächst eine knappe Einschätzung der Prophezeiungsgeschichte vortragen sollte. Irmgard gab das wieder, was sie zuvor schon Rubin und Bernstein erzählt hatte.

Dr. von Rehheim beleuchtete die Prophezeiung aus medizinisch-psychologischer Sicht. Er benutzte viele Fremdworte und zog überraschend detailsicher Parallelen zu vergleichbaren Phänomenen aus anderen Teilen der Welt. Er redete sich in Begeisterung und schwärmte: »Was hier im Augenblick vor sich geht, ist die einmalige Chance, eine atemberaubende Erfahrung jenseits der gewöhnlichen Erwartungshorizonte rational verwalteter Welt- und Selbstwahrnehmung zu machen.« Er grinste über beide Schulbubenwangen.

Diese Begeisterung teilte Pfarrer Mausinger jedoch nicht. Er sprach von albernem Aberglauben, den die Kirche niemals unterstützen könne. »Schon der Begriff der Prophezeiung«, resümierte er, »scheint mir doch sehr weit hergeholt. Denn eine jede Prophezeiung fordert einen Propheten, der sie ausspricht. Hier allerdings entdecke ich nirgends einen Jeremia, einen Jesaja oder einen Amos.«

Rasch entstand ein Streit zwischen Dr. von Rehheim und Adam Mausinger über die wissenschaftliche Legitimation der Weissagung. Ein Wort gab das andere, es wurde hitzig und persönlich. Schließlich baten die Streithähne Irmgard, eine Stellung pro oder contra zu beziehen.

»Wieso? Ich habe keine Meinung«, sagte sie erstaunt und blickte in die enttäuschten Gesichter der beiden Männer. »Ich habe die historischen Quellen genannt, das ist alles.«

»Aber Sie müssen doch eine Meinung haben«, entrüstete sich Pfarrer Mausinger und sah plötzlich nicht mehr wie ein amerikanischer Filmschauspieler aus.

»Warum muss ich?«, fragte Irmgard.

»Weil wir deshalb zusammengekommen sind!«, warf Dr. von Rehheim ein. »Wir bewerten die Tatsachen und –«

»Welche Tatsachen?«, unterbrach ihn Mausinger höhnisch.

»… und weil wir der Bürgermeisterin eine Empfehlung aussprechen müssen.«

»Welche Empfehlung?«

»Ja, das kommt ja gerade auf *Sie* an!«, rief Dr. von Rehheim.

»Pro oder contra – das ist die Frage, Frau Rathenow!«, rief Mausinger mit eisiger Strenge, die sie ihm nicht zugetraut hätte.

»Ich … ich weiß nicht«, erwiderte Irmgard. »Ich habe wirklich keine Meinung zu der Prophezeiung.«

»Das ist unmöglich. Sie müssen sich entscheiden, Frau Rathenow!«, drängte Dr. von Rehheim, und zum ersten Mal stimmte ihm der Geistliche zu.

»Es ist doch nur eine Geschichte, die vor langer Zeit erzählt wurde und die …«

In diesem Moment trat Franziska von Roth, die Bürgermeisterin, energisch in den Sitzungssaal. Ihr fragender, angespannter Blick fiel auf Dr. von Rehheim, der kurz und kaum merklich den Kopf schüttelte.

Sie stellte ihre Stimme auf überfreundlich. »Ich will nur sehen, ob Sie alles haben, was Sie brauchen. Wir hätten auch einen Champagner kalt gestellt, falls Sie Bedarf haben.«

Keiner gab eine Antwort. Von Roth zögerte und sagte dann vieldeutig: »Dann will ich Sie in Ihrer sensiblen Entscheidungsfindungsphase nicht weiter stören.«

Sie eilte wieder hinaus und zog die Tür unnötig laut ins Schloss.

Dr. von Rehheim schickte sich an, die Diskussion aufs Neue zu beleben, doch Irmgard winkte ab: »Stopp, Pause, meine Herren! Ich brauche eine Auszeit.«

Weder Dr. von Rehheim noch Pfarrer Mausinger wagten einen Einspruch. So wurde die Sitzung vertagt, die Mitglieder gingen nach Hause, und der merkwürdige Tag nahm ein stilles, unbestimmtes Ende.

10

Der nächste Morgen war voller Wind und Wolken. Punkt neun Uhr klingelte Rubin an der Tür von Ansgar Ott. Er sah hundserbärmlich aus, die Haut kreidebleich, das Haar noch strähniger als am Vortag. Er war, schien es, noch keine Viertelstunde auf den Beinen.

»Ich habe ein paar Fragen. Darf ich eintreten?«, fragte Rubin.

»Klar, komm rein«, sagte Ansgar, und seine Stimme klang weniger metallisch als gestern. Er ging voraus, durch einen dunklen, unaufgeräumten Flur in die Küche, die nicht weniger unaufgeräumt war. Ungewaschenes Geschirr stapelte sich auf der Spüle, die Kaffeemaschine lief, und auf dem Küchentisch stand eine Butterdose offen, daneben ein halber Laib Graubrot auf der blanken Tischplatte und zwei verschmierte Marmeladengläser.

»Willst du Kaffee?«, fragte Ansgar.

»Nein, ich danke dir.«

Damit war die Frage nach der Anrede geklärt. Rubin wäre es seltsam erschienen, Ansgar, auch wenn er ihn nicht auf Anhieb wiedererkannt hatte, beim Nachnamen anzusprechen.

Ansgar zitterte und führte mit unsicheren Fingern die selbst getöpferte Kaffeetasse zu den blutleeren Lippen. Auf seiner Stirn standen Schweißperlen. Und nach altem Schweiß roch er auch.

»Bist du häufig Gast in der ›Waldesruh‹?«, fragte Rubin.

»Ich bin überall zu Gast, wo es was für mich gibt. Und beim Stadtgipfel gibt es alles umsonst.«

Freitag tapste auf ihn zu. Von der Animosität des Vortages war keine Spur mehr. Ansgar wischte Freitag über den Kopf und sagte: »Guter Hund.« Der Golden Retriever ließ es sich gefallen und legte sich ab.

»Wie bist du auf die Idee gekommen, die Geschichte der Prophezeiung zu erzählen?«, wollte Rubin wissen.

»Ich bin einer göttlichen Eingebung gefolgt«, sagte Ansgar trocken und verzog sein Gesicht zu einem gequälten Lächeln. Rubin fielen die schlechten Zähne auf.

»Was liegt dir daran?«

»Die Prophezeiung erklärt das Unerklärliche«, antwortete Ansgar in einem beinahe nüchternen Ton. »Entschuldige mich einen Moment«, fügte er hinzu und verschwand ins Nebenzimmer.

Rubin ließ seinen Blick über die Küche schweifen. An den Wänden hingen vergilbte Poster von Pink Floyd und Frank Zappa. Von der Decke herab hingen – schwer vor Staub – gebatikte Tücher. Alles wirkte, als sei die Zeit stehen geblieben. Und zwar irgendwann Ende der Siebziger oder Anfang der Achtziger.

Nachdem Ansgar zurückgekehrt war, wirkte er ruhiger und gefasster. Rubin bemerkte rasch den Grund. Ein Schwall von säuerlichem Alkoholdunst strömte dem Hauptkommissar entgegen. Auch Freitag witterte etwas und wurde unruhig.

»Weißt du, dass Wilfried Bauer sein Fremdenzimmer stundenweise vermietet hat?«

Ansgar rollte mit den Augen. »Der Mammon hat ihn verführt oder der Leviathan!«

»Weißt du vielleicht, wer seine Kunden waren?«

»Ich weiß nur, was die Sterne mir sagen. Apropos, wie ist eigentlich dein Sternzeichen?«

Rubin musste überlegen. »Stier«, sagte er.

Ansgar lachte. »Das habe ich mir schon gedacht.«

»Wie lange kennst du Wilfried schon?«

»Du stellst so viele Fragen. Aber weißt du nicht, dass Fragen nur ins Unglück führen?«, antwortete Ansgar und erhob sich erneut. Wieder verschwand er ins Nebenzimmer. Bei der Rückkehr glänzten seine Augen wie poliertes Glas.

»Die Zeichen der Prophezeiung sind die Wege der Weisheit«, verkündete Ansgar. Jetzt besaß seine Stimme wieder den bekannten metallischen Klang.

»Deine Weisheit führt aber ins Unglück«, warf Rubin ein.

»Das Unheil für den einen ist der rechte Weg für den anderen.«

»Hat Wilfried das Unheil verdient?«

»Wir alle haben es verdient. Wilfried ist der Erste in einer gewaltigen Reihe. Gewaltigen Reihe!« Er schwang sich wieder auf und eilte in den Nebenraum. Mit erhobener Faust kehrte er zurück. »Wilde Winde werden wehen, und die Himmel öffnen ihre Pforten«, lallte Ansgar.

Während seiner Worte ließ ihn Freitag nicht aus den Augen, als wollte er ihm sagen, dass das, was er tat, nicht gut war.

Jetzt kramte der schräge Prophet sein geballtes apokalyptisches Vokabular hervor. Er sprach vom Tod, von Feuertod, Henkertod, Wassertod – und ballte immer wieder krampfhaft die Faust. Welch ein Hass steckte in diesem hageren schwarz gekleideten Mann! Es schien Rubin, es war der Hass auf die Welt, die ihn zu dem gemacht hatte, was er jetzt war. Aber auch Hass gegen sich selbst, der es so weit hatte kommen lassen.

Schließlich stellte Rubin keine weiteren Fragen mehr. Er sah keinen Sinn mehr darin und ging mit Freitag ohne ein weiteres Wort, ohne einen Gruß, während der Prophet unablässig weitere wahnsinnige Weissagungen verkündete. Er war sich nicht sicher, ob der verrückte Ansgar seine Abwesenheit überhaupt bemerken würde.

11

Wie üblich erschien auch an diesem Morgen die aktuelle Kolumne von Carl Bernstein im Bad Löwenauer Anzeiger.

Liebe Leserin, lieber Leser,

Sapperlot und Donnerkeil! Was war da wieder los, gestern in der »Waldesruh«? Franziska von Roth hatte zum traditionellen Festschmaus, dem Stadtgipfel, geladen, und ehe man sich's versah, wurde ein Leichenschmaus daraus.

Nein, keine Sorge, die Fürstin erfreut sich bester Gesundheit, es war vielmehr der Wirt, der von einigen Mitbürgern ob seiner Verschwiegenheit geschätzte Wilfried Bauer, den die Hand des Todes ins Schattenreich entführt hat, in treuer Erfüllung seiner Gastronomenpflicht beim Schinkenschneiden. Ein Unglück, ein Mord, ein Totschlag? Wer weiß, wer weiß! Unser Hauptkommissar Rubin ist der Sache auf der Spur. Doch damit nicht genug. Wie er so im Grase lag, der Wirt, witterte einer seiner besten Kunden die Chance zu einem großen Auftritt vor totenbleichem Publikum: Ansgar Ott. Sie kennen ihn. Wir Bad Löwenauer garnieren seinen Vornamen gerne mit der Zutat »verrückt«. Er hielt spontan eine Leichenrede der besonderen Art und zog eine uralte Geschichte aus dem Sumpf der Vergessenheit: die Prophezeiung von Bad Löwenau. Wenn Sie in der Schule ordentlich aufgepasst haben, wissen Sie um die Geschichte der bösen Zeichen, die so alt ist wie unsere Stadt – die, wie jedes Kind weiß, im Jahre 1492 gegründet wurde.

War der Tod des Wirtes nun das erste Zeichen des von alters prophezeiten Unheils? Werden weitere folgen? Husten, Schnupfen, Stürme, Regen und leblos vom Himmel fallende Vögel?

In der Tat: Unweit des toten Wirtes fand ich selbst die Leiche

eines Spatzen, tot wie eine Maus im Mehl. Und mehr noch, zuvor hat ein weiterer Vertreter seiner Art eine blutige Landung auf der Windschutzscheibe meines Wagens nicht überlebt.
Meiner Treu, was geht hier vor? Zwei tote Spatzen und ein zu Tode gekommener Schenkenwirt!
Doch es kommt noch besser: Laut Prophezeiung soll, nach Sturm und Regen, ein ominöser Fremder erscheinen. Doch wie sieht er aus? Woher kommt er? Und was ist das Unheilvolle daran? Kommen nicht täglich Fremde in unsere Stadt, ja, lebt nicht unser ganzes Gemeinwesen davon, dass Fremde in Scharen als Touristen durch unsere Gassen strömen?
Fragen über Fragen. Wer kennt die Antworten?
Ich halte weiterhin Augen und Ohren für Sie offen und werde berichten.

Herzlich
Ihr Carl Bernstein

12

Wer bislang noch nichts von der neuen Prophezeiung vernommen hatte, war jetzt voll im Bilde.

Im Laden von Buchhändler Weimar wurde den ganzen Morgen von nichts anderem gesprochen, und der auskunftsfreudige Weimar, wie üblich in blauem Sakko mit gelber Weste, musste in viele enttäuschte Gesichter blicken, weil er kein einziges Buch zum Thema vorschlagen konnte. Er wiederholte indessen das Versprechen, das er bereits Irmgard Rathenow gegeben hatte, der Sache umgehend auf den Grund zu gehen, und sagte:

»Mannigfach und kühn sind in der Welt die Zeichen, manchen magst du trauen, den meisten sollst du weichen.«

In den edlen Boutiquen und den feinen Schmucklädchen wurde hinter vorgehaltener Hand getuschelt und gerätselt. Die älteren Bad Löwenauer versuchten, ihre Erinnerungen an die alte Geschichte zu beleben, und fühlten sich dabei seltsam verjüngt und in schöne Schultage zurückversetzt, während sie gleichzeitig bange Blicke aus den Fenstern warfen – nach den geweissagten Zeichen. Nach dem böigen Wind und nach herabfallenden Vögeln.

Ja, es wurde überhaupt viel vom Wetter geredet an diesem Morgen, mehr als üblich. Und es war, als sei dabei von weit mehr als nur von meteorologischen Gegebenheiten die Rede.

In der Polizeiinspektion indessen standen die Telefone

nicht still. Besorgte Mitbürger meldeten die Funde toter Vögel, die sie in ihren Vorgärten entdeckt haben wollten.

Polizeiobermeister Schwarze war am Rande der Verzweiflung. »Schon wieder hat jemand ein totes Tier gefunden. Die Frau ist ziemlich aus dem Häuschen und sagt, sie traut sich nicht näher an die Leiche ran. Soll ich dem Hinweis nachgehen, Chef?«

Rubin nickte. Was sollte er anderes tun? Er war gezwungen, die Meldungen und Hinweise ernst zu nehmen, so abwegig sie auch erscheinen mochten.

Er selbst griff auch zum Telefon. Er wählte die Nummer der Spurensicherung und ging hinaus auf den Flur. Eine freundliche Frauenstimme meldete sich.

»Tja, Herr Hauptkommissar Rubin, da kann ich Ihnen leider nicht weiterhelfen. Mir liegen noch keine Ergebnisse in Ihrem Fall vor. Ich kann mal eben versuchen, die zuständigen Herren mobil zu erreichen. Einen Moment bitte.«

Rubin hörte ein Knacken in der Leitung, dann die Melodie von Mozarts »Kleiner Nachtmusik«.

»Hallo, hören Sie?«

»Ja.«

»Also, ich kann da leider nichts machen.«

»Könnten Sie mich zu den Kollegen durchstellen? Ich muss dringend wissen, um welche Todesursache es sich handelt.«

Die Frau klang nach wie vor freundlich und zuvorkommend. »Ja, Herr Rubin, das kann ich gut verstehen, aber wir geben die Mobilnummer prinzipiell nicht raus. Da sind mir leider die Hände gebunden. Ich vermute, es wird noch fieberhaft an der Sache gearbeitet.«

»Das fürchte ich auch«, sagte Rubin. »Ich melde mich wieder.«

Dann legte er auf. Kaum saß er wieder an seinem Schreibtisch, stand Jana Cerni neben ihm.

»Chef, hier haben wir einen ganz schweren Fall«, sagte die Polizistin, die, von zahllosen Gesprächen erhitzt, ohne Uniformjacke in Hemdsärmeln dastand und den Hörer gegen ihr Ohr presste. »Erwin Kinkler meldet den Tod seines Vogels. Er heult wie ein Baby. Soll ich …?«

»Erwin Kinkler? Sagen Sie ihm, ich kümmere mich persönlich darum. Ist er zu Hause?«

Jana Cerni nickte.

Kurz darauf war Rubin mit Freitag auf dem Weg zur Wohnung des Seniors, der ein guter Freund seines Großvaters gewesen war. Seit dem Tod seiner Frau lebte Erwin Kinkler allein in einer Mietwohnung, nicht weit vom Marktplatz entfernt, weil er seiner Tochter Margot und ihrer Familie das Haus am Stadtrand überlassen hatte.

Ein tränenüberströmter, gebrochener Mann öffnete die Tür. Rubin war entsetzt, wie sehr Erwin seit der letzten Begegnung verfallen war.

»Christoph, endlich«, flüsterte Erwin, und seine blassen Lippen zitterten. Dann sagte er: »Guter Hund, guter, guter Tobi«, und streichelte den Kopf des Golden Retrievers.

»Freitag«, korrigierte Rubin, doch das schien der Mann zu überhören und schritt geradewegs in das größere von zwei Zimmern voran. Es roch nach Krankheit und Verwahrlosung. Essensreste, Medikamentenschachteln, Kleidungsstücke, angetrunkene Wasserflaschen waren überall.

»Da«, rief Erwin und zeigte auf einen leeren Käfig mitten auf dem Esszimmertisch.

Beim Näherkommen entdeckte Rubin einen toten Wellensittich auf dem Boden.

Erwin brach in Tränen aus. »Heute früh ist er gestorben. Aus heiterem Himmel.«

Rubin spürte einen Kloß im Hals. Es ist nicht leicht, einen Mann, den man von Kindesbeinen an kennt, wie ein hilfloses Kind heulen und schluchzen zu sehen.

»Erst stirbt unser Tobi, jetzt Makki und bald –«

»Wann war Margot das letzte Mal bei dir?«, unterbrach ihn Rubin mit Blick auf die chaotische Wohnung.

Erwin schien nicht zu verstehen, er hustete. »An allem ist nur die Prophezeiung schuld, dieser Fluch wird uns noch alle umbringen«, ereiferte er sich.

Rubin beruhigte ihn, indem er ihn in die Arme schloss. Es gelang, Erwin wurde ruhig und ließ sich auf einen fadenscheinigen Sessel sinken.

»Die Prophezeiung wird uns nicht umbringen. Es wird alles gut, Erwin.«

Der alte Mann hing an Rubins Lippen, jetzt huschte ein Strahlen über sein Gesicht. »Es wird alles gut?«, wiederholte er.

»Es wird alles gut, ich kümmere mich darum.«

Doch draußen, auf der Straße vor dem Mehrfamilienhaus, spürte Rubin nur zu deutlich, dass für Erwin in diesem Leben nichts mehr gut werden würde.

13

Punkt elf Uhr an diesem Tag trat die Prophezeiungskommission zum zweiten Mal zusammen, wieder im Sitzungssaal, diesmal mit den Köstlichkeiten eines zweiten Frühstücks: Croissants, Erdbeermarmelade, Lachs mit Meerrettich und Zwiebelringen auf Dinkelweißbrot, Obstsalat und Kaffee.

Irmgard wählte Obstsalat.

Dr. von Rehheim und Pfarrer Mausinger, die tags zuvor so engagiert aneinandergeraten waren, übten sich überraschend in Zurückhaltung.

Im Übrigen vertrat auch an diesem Morgen jeder die Ansicht, die er zuvor auch schon gehabt hatte. Dr. von Rehheim sprach von positiven medizinischen Auswirkungen der Prophezeiung, Mausinger schüttelte nur den Kopf.

Irmgard hatte sich noch nicht entschieden.

»Die Erwartungen, welche die Prophezeiung weckt«, dozierte Dr. von Rehheim, »stimulieren die Menschen und schaffen eine Atmosphäre der positiven Gespanntheit. Der Kreislauf kommt in Schwung, das Gehirn setzt Energien frei, Endorphine werden ausgeschüttet – gewaltige Potenziale entstehen, Glückspotenziale.«

»Sie übersehen, dass die Prophezeiung Unheil vorhersagt, kein allgemeines Glück, guter Doktor«, entgegnete Mausinger und nahm wieder die kämpferische Haltung des Vortages an.

»Niemand weiß, worauf die Weissagungen hinauslaufen.

Wenn wir alle unserem Glück eine Chance geben, kann die neue Prophezeiung zu allgemeinem Glück führen.«

»Sie lügen sich in die eigene Tasche!«

»Unser Glück liegt allein in unseren Händen.«

»Sparen Sie sich Ihre Weisheiten für Ihr kostspieliges Seminar!«

»Sie sind herzlich eingeladen.«

»Wenn ich Binsenweisheiten brauche, ziehe ich Kalendersprüche vor.«

»Warum sperren Sie sich gegen das Glück? Ist die Verzweiflung für Sie so anziehend?«

»Ich bin nicht verzweifelt! Was erlauben Sie sich?«

»Sie gönnen anderen Menschen ihr Glück nicht!«

»Das ist die Höhe!«, rief Pfarrer Mausinger und schnellte vom Stuhl hoch. Er wandte dem Doktor den Rücken zu und blickte Irmgard stumm an, dann kehrte er sich wieder dem Mediziner zu. »Sie führen etwas im Schilde, Herr Doktor, aber ich weiß noch nicht, was.«

Dr. von Rehheim verzog sein Gesicht zu einem Lächeln. »Ich sehe offene Türen, wo sie nur Mauern sehen«, sagte er mit überraschender Ruhe in der Stimme.

Auch Mausinger hatte sich wieder gezügelt. »Was versprechen Sie sich von der Prophezeiung?«

»Positive Energien.«

»Welche?«

»Von Fall zu Fall unterschiedlich.«

»Ha, geht es nicht genauer?«

Dr. von Rehheim überlegte. »Steigerung des Selbstwertgefühls. Das Gefühl, Teil von etwas Außergewöhnlichem zu sein – eine Vorform des Glücks.«

»Ich würde Ihnen gerne Glauben schenken.«

»Tun Sie es doch.«

»Tja, in Glaubenssachen bin ich wählerisch.«

Langsam und überlegt wandte sich Adam Mausinger Irmgard zu, die den Streit mit gespannter Aufmerksamkeit verfolgt hatte.

Ihr war noch immer nicht klar, worauf das Ganze hinauslaufen sollte. Für sie war es eine Geschichte und nichts weiter. Sie hatte sich nie die Frage gestellt, ob sie wahr oder falsch sei, wem sie nutzen oder schaden könne.

»Teilen Sie die Ansicht von Dr. von Rehheim?«, wollte Pfarrer Mausinger wissen.

»Ich bin keine Medizinerin.«

»Glauben Sie, dass die Bad Löwenauer durch die Prophezeiung zu besseren Menschen werden können?«

»Darum geht es doch nicht«, warf Dr. von Rehheim ein.

»Nein, worum denn sonst?«, beharrte der Pfarrer.

»Ich glaube«, begann Irmgard langsam und nachdenklich, »die Bad Löwenauer können jederzeit zu besseren Menschen werden, es braucht dazu –«

»Wow, das ist ein eindeutiges Pro!« Dr. von Rehheim stieß einen Jubelschrei aus. Er schickte sich an, Irmgard die Hand zu drücken.

»Halt, halt, nicht so schnell«, rief sie.

»Sie haben es gesagt, Sie stimmen zu.«

»Ich kann nur so viel sagen: Die historischen Quellen belegen die Existenz der Geschichte.«

»Können Sie das zweifelsfrei bestätigen?«, legte Dr. von Rehheim nach.

»Selbstverständlich, das kann ich«, sagte sie mit der stolzen Überzeugung einer Lehrerin.

»Wunderbar! Ja heißt pro – damit ist die Sache entschieden.« Der Mediziner sprang auf und zeigte sein strahlendes

Lächeln. »Zwei zu eins, ein eindeutiges positives Votum für die Prophezeiung und für die Stadt. Gratulation!«

Darauf trat eine Stille ein, schwer, matt und undurchdringlich. Irmgard sagte nichts mehr, und auch Adam Mausinger fügte sich wider Willen.

14

»Geschafft«, sagte Dr. von Rehheim, und der Stolz auf seinen Triumph ließ seine Stimme kräftiger als üblich erklingen.

Die Bürgermeisterin am anderen Ende der Leitung verlieh ihrer Erleichterung mit einem tiefen Seufzer Ausdruck und sagte dann: »Ich wusste, ich kann mich auf Sie verlassen. Die Stadt wird es Ihnen danken.«

Dr. von Rehheim las ihr das offizielle Gutachten der Kommission vor. Von Roth hörte nur mit einem Ohr hin.

»... die Details der Prophezeiung lassen sich lückenlos historisch belegen und beschreiben eine profunde psychologische Grundbefindlichkeit, eine anthropologische Realsituation, die vielfältige therapeutische Potenziale in sich birgt ...«

Und so weiter und so fort.

Damit war der erste Schritt getan. Von Roth war zufrieden mit sich. Jetzt konnte es weitergehen. Selbstverständlich hatte sie die Zwischenzeit nicht tatenlos verstreichen lassen und alles Notwendige in die Wege geleitet. Es bedurfte nur noch eines Okays von ihrer Seite.

Sie zögerte nicht den Hauch einer Sekunde.

15

Im nächsten Moment legten in den Medienbüros die Grafiker letzte Hand an ihre unter Hochdruck geschaffenen Entwürfe für riesige Wandplakate und Leporellos mit den wichtigsten Eckdaten, die jeder wissen sollte. Startauflage fünfzigtausend Exemplare.

Für die Lettern von »Die Prophezeiung von Bad Löwenau« hatte die Bürgermeisterin eine alte Goldschrift bestimmt. Alles sah edel und vertrauenerweckend aus. Nachdem die letzten Probedrucke für gut befunden worden waren, übermittelten die Grafiker im Eiltempo ihre Vorlagen online an die schon in Wartestellung befindlichen Druckereien. Alle anderen Aufträge mussten verschoben werden. Es gab nur eine einzige Priorität.

Unterdessen koordinierte Judith Silberpfennig von ihrem Computer die bereits vorbereiteten Pressemitteilungen, die nur noch um die entscheidenden wissenschaftlichen Erläuterungen ergänzt werden mussten. Sie kontaktierte TV 4, den Bad Löwenauer Sender für Funk und Fernsehen, bereitete die für diesen Service stets dankbaren Redakteure auf das bevorstehende Großereignis vor und schickte ein umfangreiches Fax an die persönliche Adresse des Verlegers des Bad Löwenauer Anzeigers, ergänzt um eine handschriftliche Notiz der Bürgermeisterin.

Judith pflegte die Homepage der Stadt und die sozialen Netzwerke. Sie war perfekt darin und hatte ihr eigenes System entwickelt, das so aussah: Mit jeder neuen Meldung aktivierte sie gleichzeitig eine Sammel-E-Mail und Sammel-SMS an eine große Zahl von Freunden von Bad Löwenau, um sicherzugehen, dass ausnahmslos jeder informiert wurde, um ohne zeitlichen Verzug eine, nach Möglichkeit mehrere positive Bewertungen im Internet vorzunehmen.

So auch heute. Kaum hatte Judith die Nachricht gepostet, kamen die ersten »Daumen hoch«-Zeichen. Sie verfolgte gebannt, wie die Klicks des Beitrags in die Höhe schnellten.

Einhundert.

Zweihundert.

Schon waren es fünfhundert.

Unfassbar: Die Tausend wurde überschritten.

Judith holte sich einen frischen Kaffee. Als sie zurückkehrte, wies der Zähler bereits auf zweitausend.

Sie spürte ihr Herz pochen, nippte gedankenlos am Kaffee und griff zum Hörer. »Frau von Roth«, sagte sie atemlos, »die Sache läuft noch besser als geplant an!«

16

Im Besprechungszimmer des Bad Löwenauer Anzeigers las Verleger Gottfried Sulzbach das Fax der Bürgermeisterin vor. Sein massiger, schwerfälliger Körper schien zu vibrieren. Er zog an seiner Zigarre und pustete den Rauch in die Höhe.

Er hatte seine wichtigsten Mitarbeiter zum Meeting geladen, den Chef vom Dienst, den Chefredakteur und natürlich Carl Bernstein, der darauf bestanden hatte, dass seine junge Kollegin Ayse auch teilnehmen durfte.

Nach den Worten Sulzbachs herrschte Stille. Jeder wusste um die Bedeutung der Ankündigung. Sulzbach hätte die Tragweite nicht eigens benennen müssen, er tat es dennoch: »Es ist doch klar, dass der Anzeiger bei dieser Hammer-Story ganz vorne mit dabei ist! Wir lassen unsere Stadt doch nicht im Stich.«

Der Chefredakteur nickte, auch der nervöse Chef vom Dienst nickte, Ayse nicht weniger. Bernstein, in rot-orangefarbener Trainingsjacke mit weißem Rollkragenpulli, zeigte keine Regung. Er saß nur da und fixierte Sulzbach.

»Also, auf, an die Arbeit! Was wir brauchen: jeweils einen kurz-, mittel- und langfristigen Gestaltungsplan, von heute beginnend. Wir brauchen die genauen wissenschaftlichen Hintergründe und machen jeden Tag eine Bürgerbefragung, ach, was sage ich, wir richten eine eigene Rubrik ein. Vor allem befragen wir die Touristen. Geht das klar?« Sulzbach richtete die Frage an seinen Chefredakteur, der eifrig mitschrieb.

»Kein Problem, gute Idee, greifen wir sofort auf, ich setze Ingrid dran.«

»Perfekt. Als Nächstes muss es in der Geschichte gnadenlos menscheln. Das wollen die Leute lesen. Wir brauchen Drama, Action, einen Hauch von Mystery! Aber alles sachte, versteht sich, wir wollen die Leser nicht verunsichern. Ayse, das könnte was für dich sein.«

Die junge Redakteurin errötete. »Ich bin zwar gerade noch an dem Artikel über Renovierungen im Kindergarten dran, aber –«

»Pah, vergiss den Kinderkram, wir machen jetzt die ganz große Story. Du gehst an den verrückten Ansgar, diesen Spinner, und schreibst was von wegen schwerer Kindheit und so weiter, verstanden?«

Ayse nickte schüchtern. Bernstein sagte noch immer keinen Ton. Sulzbach gab einen Auftrag nach dem anderen aus, rieb sich die Hände und wischte sich den Schweiß von der Stirn.

Schließlich sagte er: »Und nun zu dir, Carl. Du bist das Zugpferd der Story. Du machst die Leute richtig heiß auf die Prophezeiung. Jawohl, Prophezeiung ist geil! Du polierst das Ding auf Hochglanz.« Er reckte die Faust in die Höhe.

Bernstein zog die linke Augenbraue hoch. »Und womit soll ich den kühnen Anfang wagen? Mit einem ausführlichen Krankenbericht in Sachen Husten und Schnupfen im Herbst? Beim Büblein auf dem nicht vorhandenen Eis, die Erkältungen werden dieser Tage aber auch immer makabrer! Und überhaupt das Wetter – Herbstwinde im Herbst, nein, so was aber auch! Die Kollegen von TV 4 sollten dringend einen Brennpunkt schalten.«

»Du vergisst, einen Toten hat die Prophezeiung schon gefordert.«

»Windiger Wirt vom Spatz erschlagen – ein Aufmacher, der Geschichte schreiben wird.«

»Du machst dich lustig über uns?«

»Nicht im Geringsten«, entgegnete Bernstein trocken.

Sulzbachs Hochstimmung war dahin. »Falls es nicht in dein ach so geistreiches Hirn hineinwill, hier noch mal die Fakten zum Mitschreiben: Diese Prophezeiung ist eine Riesenchance für die Stadt. Jeder muss seinen Beitrag leisten. Jeder, hast du das verstanden?«, rief Sulzbach zornerfüllt und schlug mit der Faust auf die Tischplatte.

Bernstein nickte.

»Und jeder heißt, auch du bist gemeint!«

»Das habe ich, scheint mir, begriffen«, entgegnete Bernstein mit unerschütterlicher Ruhe. »Ich fürchte nur, darüber hinaus liegt hier eine kleine Verwechslung vor.«

»Verwechslung, wieso?«, brüllte Sulzbach.

»Jemand in diesem Raum verwechselt Lautstärke mit Argumentation.«

Ayse musste ein Lachen unterdrücken, der Chefredakteur blickte irritiert auf. Und Sulzbach? Der war im ersten Moment außerstande, etwas zu erwidern.

Dann jedoch schoss es wie ein Blitz aus ihm heraus: »Vorsicht, Carl, ich rate dir, überspanne den Bogen nicht! Wenn du nicht spurst, mache ich dir Feuer unter dem Arsch, und zwar so, dass dir die Scheiße im Hals kocht. Ich schwöre dir, ich schmeiß dich raus und werde dafür sorgen, dass du nie mehr irgendwo einen Fuß in die Tür kriegst. Ist das klar?«

Bernstein lächelte, er sah zuerst zu Ayse hinüber, dann auf Sulzbach. »Mir erscheint alles überdeutlich im Kristallglaslicht der Klarheit, bloß der olfaktorisch bedenkliche Aggregatszustand der Scheiße am Rande des Siedepunktes gibt mir Rätsel, wenn nicht –«

»Raus!«, brüllte Sulzbach, und Bernstein verließ mit einem Lächeln auf den Lippen den Besprechungsraum.

Er verließ auch das Gebäude des Bad Löwenauer Anzeigers, die Sporttasche über den Rücken geworfen, setzte die Kopfhörer seines Smartphones auf die Ohren und wählte sein aktuelles Lieblingsstück: »Nothing to win, nothing to lose« der Punkrockband The Small Brains aus Nottingham. Die Gitarren krachten, ein wütendes Schlagzeug peitschte den Takt.

17

»Aber selbstverständlich, Herr Rubin, werden die Stadt und ich Ihnen jede Unterstützung bei der Aufklärung des Todesfalles zukommen lassen«, sagte Frau von Roth und ließ die schwache Andeutung eines Lächelns folgen.

Rubin saß der Bürgermeisterin in ihrem Büro im obersten Stock des Rathauses gegenüber. Hinter den hohen Fenstern standen tiefgraue und riesige Wolken über den Dächern. Freitag lag neben Rubin auf dem Fußboden, von Zeit zu Zeit blickte er auf.

»Hatten Sie während des Gipfeltreffens den Eindruck, dass jemand sich anders als gewöhnlich verhielt, Frau von Roth?«, fragte Rubin.

Die Bürgermeisterin blickte abwechselnd auf ihren Computerbildschirm und auf den Hauptkommissar, überlegte einen Moment oder versuchte den Eindruck zu erwecken, sie dächte über die Frage nach und schüttelte dann den Kopf. »Nein, nichts Auffälliges, dieselben Gesichter, dieselben Gespräche.«

Das Handy der Bürgermeisterin klingelte, sie stellte es ab, gleichzeitig blinkte die Gegensprechanlage.

»Ja, Herr Rubin, Sie sehen selbst, was hier los ist. Ich würde Ihnen gerne weiterhelfen, aber ich wüsste nicht, wie, zumal –«

»Als Sie mit Ihrer Rede begonnen haben, waren da alle Gäste anwesend?«

»Soweit ich mich erinnern kann, fehlten die Vertreter der Polizei und der Presse.«

Rubin lächelte. »Und außerdem?«

»Nein, ich glaube, es waren alle da. Nein, da kommt mir gerade in den Sinn, eine Dame kam zu spät. Aber sie kommt immer zu spät. Sie hat das bitter nötig.«

»Wer ist sie?«

»Schloss heißt sie, Martina, glaube ich, mit Vornamen, aber sicher bin ich mir da nicht. Sie ist meines Wissens Prokuristin bei dem Unternehmen Burgmeier.«

»Dem großen Burgmeier?«

»Ja, einem der größten Arbeitgeber in Bad Löwenau. Kein Stadtgipfel ohne die Burgmeiers. Diesmal haben Sie Frau Schloss geschickt. Sie hat ihren Auftritt sichtlich genossen.«

Rubin notierte die Namen Burgmeier und Schloss in sein Notizbuch.

»Ich hätte gerne eine vollständige Gästeliste des Stadtgipfels. Wäre das möglich?«

Nicht sogleich antwortete von Roth: »Selbstverständlich haben wir eine. Ich werde meine Assistentin Frau Silberpfennig anweisen, Sie Ihnen auszuhändigen.«

Sie tippte etwas in Ihre Computertastatur, dann kräuselte sie die Stirn und sagte in einem weichen, fast vertraulichen Tonfall: »Gestatten Sie, dass ich eine Bitte anschließe. Wir stehen in Bad Löwenau gerade vor dem hoffnungsvollen Beginn von etwas ganz Großem, ganz Außergewöhnlichem. Wir sehen, unsere Bemühungen tragen bereits die ersten Früchte. Die Touristen nehmen unser Angebot dankbar an. Deshalb bitte ich Sie, Herr Hauptkommissar, lieber Herr Rubin, um größte Sensibilität im Umgang mit dem Tod des Wirtes. Die Touristen sollen auf unsere Prophezeiung neugierig gemacht werden, sie sollen Lust bekommen auf das, was unsere Stadt zu bieten hat. Das heißt, wir dürfen sie unter keinen Umständen abschrecken mit allzu brutalen oder gewalttätigen Details. Ich denke, Sie verstehen, was ich meine. Es ist das Beste so, in unser aller Sinne.«

Rubin hatte sie während ihrer gesamten kurzen Rede nicht aus den Augen gelassen. Er hatte ein Schauspiel aus Leidenschaft und Wille, aus Macht und Strategie verfolgen können.

Zur Antwort jedoch gab Rubin nichts, er dankte, grüßte und verließ mit Freitag das Büro. Im Vorzimmer lag die Gästeliste des Stadtgipfels bereits ausgedruckt für ihn bereit. Judith Silberpfennig, die mit Rubin und Bernstein zur Schule gegangen war, telefonierte gerade und winkte ihrem ehemaligen Schulkameraden nur einen Abschiedsgruß zu.

Den Hauptkommissar betrübte das nicht weiter, doch Freitag war enttäuscht, denn er war erwartungsvoll auf die in sorgsam abgestimmten Modefarben gekleidete Judith zugestürmt und hatte sich nach alter Gewohnheit seine Streicheleinheiten abholen wollen. Doch Judith hatte eisern telefoniert und Freitag abblitzen lassen. Traurig trottete der Golden Retriever davon.

18

Am Nachmittag frischte der Wind überraschend auf und trieb feuchte Luft in die Stadt. Auf dem Marktplatz konnte man Dutzende von Bad Löwenauern und vereinzelte Touristen beobachten, die ihre Köpfe in einer Weise gen Himmel reckten, die man bei anderen Gelegenheiten und in anderen Zusammenhängen vermutlich Sensationslust hätte nennen müssen.

Doch was genau war am Himmel zu entdecken?

Im Grunde nichts außer einer Wolkenwand. Doch entscheidend war nicht, was die Menschen am Himmel entdeckten, sondern was sie nicht entdeckten. Keinen Regen, keine Vögel. Die Zeichen, die sie nicht sahen, beunruhigten sie. Sie gaben einer wild wuchernden Phantasie Spielraum. Manch einer hasste sich dafür, dass er auf das Gerede von dem bevorstehenden Unheil hereinfiel, und fühlte sich wie in flagranti bei der Ausübung einer heimlichen Leidenschaft ertappt.

Kurz, eine Atmosphäre der gespannten Erwartung verbreitete sich, bestehend aus Neugierde und Angst, aus Faszination und Abscheu – ein gewaltiges Gemisch.

Zumindest für die Kinder war die Prophezeiung ein einziger Spaß. Sie überboten sich gegenseitig im Suchen von Vögeln. In kleinen Stoßtrupps oder allein durchkämmten sie die Stadt nach Beute. Die Funde waren in den meisten Fällen nicht sehr appetitlich, zumeist handelte es sich um angefressene, von einer hungrigen Katze erjagte und liegen gelassene Spatzen, Tauben oder Drosseln. Wer gar nichts fand, half auf unsportliche Weise mit einer selbst fabrizierten Spatzenschleuder nach: Ein kurzes Stück Dachlatte versehen mit einem am Kopf befestigten Einmachgummi diente als Gewehr, ein aus »Pits Pinte« gemopster Dartpfeil als Geschoss.

Alle Vogeltrophäen – gefundene wie erlegte – meldeten die jungen Jäger brav der Polizei. Polizeiobermeister Schwarze zählte allein an diesem Nachmittag dreiundzwanzig Eingänge, die er genauestens schriftlich festhielt.

Ansonsten schien es so, als wollten viele unter den Bad Löwenauern mit aller Kraft die Zeichen der Prophezeiung Wahrheit werden lassen. Zumindest, was das geweissagte Husten anging. Man hustete, was das Zeug hielt. Je kräftiger gehustet wurde, desto bedeutender fühlte sich der Hustende.

»Hat es dich auch schon erwischt? Sag bloß! Wie fühlt es sich bei dir an? Hast du auch dieses ständige Kribbeln im Hals? Wohin soll das noch führen?«

Wer kennt nicht Menschen, die durch leidvoll zur Schau getragene Krankheit Aufmerksamkeit an ihrer Person erregen wollen? Sie wollen durch Mitleid erreichen, was ihr Charakter nicht vermag. Bei vielen Bürgern spielte das wahrscheinlich die entscheidende Rolle. Und wer ohnehin zur Wehleidigkeit neigte, hatte jetzt auch noch einen guten, ja geradezu historisch belegten Grund dazu.

Das allgemeine Husten war auch am Abend bei »Da Ricardo«, dem Spitzenitaliener am Marktplatz, stärker verbreitet als sonst. Der Husten kam trocken oder kehlig daher, von Flüchen oder Seufzern begleitet, aus allen Ecken des gemütlichen, in den Farben Inter Mailands, der Lieblingsmannschaft Ricardos, gehaltenen Ristorantes. Zum Glück konnten die verführerischen Düfte aus Ricardos Küche über die schlimmsten Befürchtungen hinweghelfen. Er hatte frische Minestrone im Angebot. Der Duft von Kräutern lag in der Luft, ebenso wie der von im Steinofen gebackenen Brots, das mit toskanischem Olivenöl gereicht wurde, welches sich Ricardo von seinem Cousin alle zwei Monate bringen ließ.

Rubin und Bernstein hatten an diesem Abend einen Tisch mit Blick auf den Löwenbrunnen. Freitag lag an der Seite Bernsteins und war mit sich zufrieden.

»*Mamma mia*, de ganze Stadt spiele verruckte«, rief Ricardo, als er sich bei seinen Freunden nach der Bestellung erkundigte. Er war gekleidet, wie sein Ristorante eingerichtet war: in Blau-Schwarz. »Höre ich de ganze Tage nur huste, huste, huste … *Mio dio*, habe ich selbst schon ganz raue Kehle.«

»Mir geht es ähnlich«, sagte Bernstein. »Doch wie wir alle wissen, ist das beste Mittel gegen eine raue Kehle ein schönes Glas Bardolino.«

Ricardo grinste.

»Oder ein kühles Bad Löwenauer Bier«, ergänzte Rubin.

Sie nippten an ihren Getränken, Ricardo grinste weiter und fragte: »*Amici*, was wolle esse? Habe ich heute *Minestrone speciale* oder Risotto mit viele frische Gemuse.«

Wie üblich ließ Ricardo Bernstein und Rubin keine Wahl, sondern traf nach eigenem besten Ermessen eine Entscheidung für die beiden, indem er mit einem breiten Grinsen in die Hände klatschte und rief: »Risotto mit extra viel Gemuse, gute Wahl, *subito*!«

Doch ihm schien etwas auf dem Herzen zu liegen. »*Amici*, habe ich große Sorge. Wie isse die Sache mit Prophezeiung? Meine Frau Caterina isse ganz voller Angste wegen *bambini* – sind so klein und susse! Was musse fürchte? Dürfe noch raus auf Straße?«

»Solange sie dort keinen Unfug treiben«, scherzte Rubin.

Ricardo zuckte zusammen. »Oh, das ich kanne nit verspreche!«

»Ansonsten sind Ampeln und Straßenkreuzungen größere Gefahrenherde als vom Himmel stürzende Vögel«, sagte Rubin weiter.

Seltsam, seine Worte, die halb scherzhaft, halb ernst gemeint waren, schienen Ricardo tatsächlich zu beruhigen. »Oh, *capito*, alles klare, gebe ich nu Bescheide Caterina, wird sie beruhigt sein, *grazie*.« Und damit verschwand Ricardo.

Rubin breitete die Gästeliste vor Bernstein auf dem Tischtuch aus.

»Donnerkeil und Blitzgewitter, alle honorigen Personen der Stadt in Eintracht versammelt, und unsere Namen ganz am Ende – verrückte Welt«, bemerkte Bernstein, während er mit einem amüsierten Ausdruck die Namen im Einzelnen studierte.

»Ich kenne nur etwa die Hälfte der Personen«, sagte Rubin. »Wie viele kennst du?«

»Ein paar mehr schon. Zumeist zu meinem großen Bedauern.« Er murmelte etwas Unverständliches und lachte dann laut auf. »Unser alter Strahlemann Peter Röder war auch dabei! Meiner Treu, ich habe ihn und sein Dauerlächeln in der ›Waldesruh‹ gar nicht bemerkt.«

»Du warst zu sehr mit Spatzen beschäftigt.«

»Wenn Peter nicht aufpasst, wird er noch mal Bürgermeister von Bad Löwenau, jede Wette.« Bernstein nippte an seinem Bardolino. »Was sagen übrigens deine Kollegen in den arktischen Anzügen zur Todesursache?«

»Die Spurensicherung? Ich erreiche dort niemanden. Heute Nachmittag hatte ich nur den Praktikanten am

Apparat, der noch nicht einmal wusste, wo Bad Löwenau überhaupt liegt.«

»Nutzloser Nichtsnutz! Zeig doch bitte einstweilen noch mal den Zettel unseres Wirtes, Rubin. Wenn uns schon die kriminologische Wissenschaft im Stich lässt, dann muss die Schärfe unseres Verstandes die Dinge eben allein wieder ins Lot bringen.«

Rubin kramte in der Innentasche seines Sakkos, steckte die Gästeliste ein und entfaltete den Zettel. In Zeitlupentempo las Bernstein vor:

Fettsack - Nutte ✓
Mutter - 10.000
Schnösel - Weihnachtsfeier

»Ich denke, die Angelegenheit ist klar wie das Glas einer Zauberkugel. Unser Wirt hat einem Kunden mit majestätischen Körpermaßen die professionellen Streicheleinheiten einer hierfür speziell ausgebildeten Servicekraft vermittelt, dann aber ein schlechtes Gewissen bekommen, was seine Mutter wohl dazu sagen würde, woraufhin er zehntausendmal um Vergebung bat und zur Wiedergutmachung gelobte, eine riesige Weihnachtsfeier zu schmeißen – mit einem unbekannten Schnösel als Überraschungsgast. Na, was sagst du, Rubin? Habe ich recht, oder liege ich richtig?«

Rubin atmete tief ein. »Zumindest, was den ersten Teil deiner Phantasie angeht, so könnte was dran sein, Bernstein.«

»Ja, vielleicht hat Wilfried gewisse Gefälligkeiten vermittelt.«

»Es gibt doch das Bordell in der Leibnizstraße. Ob sie dort vielleicht eine Geschäftsverbindung mit der ›Waldesruh‹ unterhalten?«

»Auszuschließen ist das nicht. Ich schlage vor, wir verabreden einen Ortstermin«, grinste Bernstein.

Rubin dachte nach. »Nein, ich denke, es ist besser, wenn ich allein gehe.«

»Wieso? Meinst du, du müsstest dich meiner schämen?«

»An dieser Stelle der Ermittlung möchte ich einhundert Prozent offiziell bleiben.«

»Schade«, sagte Bernstein und trommelte mit den Fingerspitzen auf der Tischplatte, während er seinen Blick zur Decke richtete. »Sag mal, ihr habt in der Polizeiinspektion, wie man hört, mit den Auswüchsen der Prophezeiung alle Hände voll zu tun, oder?«

Rubin berichtete seinem Freund von der turbulenten Situation in der Polizeiinspektion, von den zahllosen Meldungen und den Ängsten der Bürger.

»Die Zeichen der Prophezeiung schlagen ein wie Blitze aus heiterem Himmel«, sagte Bernstein.

»Der allgemeine Betrieb ist praktisch lahmgelegt«, bemerkte Rubin.

»Musst du eigentlich all diese Meldungen ernst nehmen?«, fragte Bernstein nach einer Weile.

»Ich bin dazu verpflichtet. Man weiß nie, was sich dahinter verbirgt.«

Bernstein runzelte die Stirn. »Würde es tatsächlich die Ordnung der Stadt in den Abgrund stürzen, wenn die Meldungen im Papierkorb des Vergessens ihre finale Bestimmung finden würden?«

Rubin schüttelte den Kopf. »Vorschrift bleibt Vorschrift.«

Da erschien Ricardo mit dem Risotto. Seine Frau Caterina, mit einem dankbaren Lächeln der Erleichterung auf dem Gesicht, an seiner Seite, mit einem randvollen Napf für Freitag und einem Schälchen Wasser.

»Bitte schön, *amici*, *buon appetito*, und für Freitag – schöne Schälche *acqua*!«

Ricardo setzte sich zu den beiden und war überrascht, dass Bernstein an diesem Abend ohne seinen Laptop gekommen war, denn er liebte es, seine Kolumnen bei Ricardo zu schreiben. Er hackte dann wie in Trance auf die Tastatur ein und ließ in ohrenbetäubender Lautstärke seine Punkmusik laufen. Ricardo ließ seinen Freund stets großzügig gewähren, doch an diesem Abend war er erleichtert, dass es keinen Punk gab.

»Was ist mit dir, Bernstein, lässt dich die Muse im Stich?«, fragte Rubin zwischen einem Bissen Risotto und einem Schluck Bad Löwenauer Bier.

»Die Muse ist sprachlos, sie denkt nach. Und ich helfe ihr dabei«, antwortete Bernstein, der sich mehr an den Bardolino als an sein Reisgericht hielt.

»Was isse los, Carlo, isse nit gut?«, fragte Ricardo besorgt.

»Wie immer formidabel, Ricardo«, antwortete Bernstein in Gedanken vertieft.

»Musse reichlich esse, isse gut für Abwehr von Virus. Hatte gesagt meine Mamma. Habe ich heute Nachricht von Prophezeiung nach Milano an meine liebe Mamma geschickt. Mamma is bei Onkel Francesco, der hatte Sache mit die Herze. Mamma schreibe: ›Wenn Prophezeiung schlechte, dann musse alle doppelt esse!‹« Ricardo strahlte über das ganze Gesicht, Tränen der Rührung flossen über seine Wangen: »Meine Mamma, is sie net susse? *Mamma mia!*«

Nach dem Abendessen ging Bernstein nicht gleich nach Hause, er kehrte aber auch nirgendwo ein. Er ließ sich treiben und durchstreifte die Straßen, die engen Gassen, ohne

Ziel und ohne Eile. Der Mond hinter Wolkenfetzen stand in voller Größe, die Luft war feucht und schneidend.

Bernstein hörte auf seinem Smartphone noch immer keinen Punk. Er hörte Reggae, Bob Marley and the Wailers, die Musik seiner Jugend.

Der hypnotische Beat war voller Erinnerungen, die Bernsteins Schritte zu lenken schienen. An einer Straßenkreuzung bog er nach links, dann nach rechts, dann wieder links, es war ein eingefleischtes Muster. Er folgte seinem alten Nachhauseweg. Vor einem zweistöckigen Haus blieb er schließlich stehen und berührte mit der rechten Hand die Vorgartenhecke. Er schien zu warten.

Es war das Haus, in dem er viele Jahre seiner Jugend verbracht hatte.

Bernstein zog weiter.

19

Am nächsten Morgen geschah etwas, das es seit vielen Jahren nicht mehr gegeben hatte. Die neuste Ausgabe des Bad Löwenauer Anzeigers erschien, und es fehlte – Bernsteins Kolumne!

Ein Artikel über die historischen Hintergründe der Prophezeiung, der offensichtlich in aller Eile zusammengeschustert worden war, ersetzte sie.

Augenblicklich brach ein Sturm der Entrüstung los. In der Redaktion gingen betroffene Anrufe und hysterische E-Mails ein.

»Was ist mit Bernstein?«

»Liegt er im Krankenhaus?«

»Hat ihn der Fluch der Prophezeiung dahingerafft, mit Husten, Keuchen, Fieber?«

Bernstein schwieg dazu. Er war den ganzen Vormittag über unauffindbar.

Sulzbach, in seinem verräucherten Büro, schlug mit der Faust auf den Tisch. Ansonsten kam kein Wort über seine Lippen.

20

Goldene Lettern, groß wie Wegweiser und prachtvoll wie ein Schlossgarten bei Sonnenschein, verkündeten es von Plakatwänden und Litfaßsäulen: »DIE PROPHEZEIUNG VON BAD LÖWENAU!«

Und in kleinerer Schrift darunter: »Was ist wahr an der alten Geschichte? Was wird sein? Erleben Sie ein einzigartiges Ereignis – in einer einzigartigen Stadt. Die Legende lebt!«

Die Grafiker hatten in der Kürze der Zeit exzellente Arbeit geleistet, die Drucker auch. Die Plakate zeigten ein Panorama der Stadt in düsteren Blautönen, die unter den Goldlettern umso imposanter wirkten. Nicht zuletzt, weil auch der wirkliche Himmel über Bad Löwenau sich mehr und mehr in ein düsteres, bedrohliches Meer von Wolken verwandelte.

Unter diesem Himmel und bei starkem Wind wurde auf dem Marktplatz ein riesiges Plakat auf die Stellwand geklebt, wo für gewöhnlich Bekanntmachungen der Stadt veröffentlicht wurden. Der durch wechselnde Windböen erschwerten Klebezeremonie wohnten honorige Persönlichkeiten bei: Bürgermeisterin von Roth samt Assistentin Judith Silberpfennig sowie ausgewählte Stadträte. Außerdem Dr. von Rehheim und Melanie Seifert, die Managerin des Hotels am Marktplatz, des ersten Hauses von Bad Löwenau.

»Überwältigend, großartig«, schwärmte von Roth. »Ich spüre deutlich die Kraft, die uns alle beflügeln wird.«

Allgemeine Zustimmung folgte. Judith Silberpfennig strahlte. Stadtrat Peter Röder setzte sein bestes Lächeln auf und bemerkte: »Super, echt stark. Das hat was, große Klasse!«

Die anderen äußerten sich in derselben Weise, benutzten lediglich andere Worte.

»Und auch unsere Marketingmaßnahmen beginnen schon zu greifen«, berichtete stolz von Roth. »Wir haben zahllose positive Reaktionen. Und das nach nicht einmal vierundzwanzig Stunden!«

»Wahnsinn, oder?«, entfuhr es Stadtrat Röder.

Die Hotelmanagerin Melanie Seifert meldete sich zu Wort. Die agile, ganz in Schwarz gekleidete Mittdreißigerin mit Pagenfrisur sprach wie immer ohne Punkt und Komma: »Bei uns gehen jede Minute neue Reservierungen ein wie zu besten Zeiten im Sommer Wellness Aromatherapie alles wird gebucht wenn das so weitergeht haben wir bis Weihnachten kein freies Bett mehr.«

»Auch ich kann nur Positives berichten«, sagte Dr. von Rehheim. »Auf mein Mailing an meine Patienten und die regelmäßigen Seminarteilnehmer gestern Abend habe ich bereits etliche positive Rückmeldungen erhalten. Das Interesse an unserer Prophezeiung ist überwältigend. Ich habe schon für Anfang nächste Woche ein neues Seminar ins Leben gerufen.«

»Ja, wir haben im Hotel gerade so noch ein offenes Zeitfenster für unseren geschätzten Dr. von Rehheim nutzen können«, warf die Hotelmanagerin ein.

»Selbstverständlich ist das Seminar bereits ausgebucht«, fuhr Dr. von Rehheim fort. »Ich nenne es: ›Chancen der Prophezeiung: vom Unheil zum Heil – außergewöhnliche Wege zu deinem Glück‹.«

Bürgermeisterin von Roth lächelte zufrieden. Im Wind

des Marktplatzes, gehüllt in einen langen eleganten Wollmantel, setzte sie knapp und bündig den Anwesenden die Eckdaten ihrer geplanten Kampagne auseinander.

Ihre Worte klangen überzeugend, kühn und unwiderstehlich.

Es dauerte nicht lange, da waren fast alle Geschäftsleute in das Business mit der Prophezeiung eingestiegen. Die Boutiquen am Marktplatz, die feinen Modelädchen nicht weniger. Ebenfalls im Herzen von Bad Löwenau, am Marktplatz, warb Hassans türkischer Mini-Supermarkt mit speziellen Prophezeiungsrabatten auf ausgewählte Produkte: Halva um dreißig Prozent reduziert; Autobatterien um fünfzehn Prozent; Universalfernbedienungen um zehn Prozent, Kichererbsen ab einer Menge von fünf Kilogramm um zwanzig Prozent und Sportsocken gar zum halben Preis.

Auch Iris Adler, die Inhaberin der Apotheke am Marktplatz, stieg ein. Sie hatte handgeschriebene Plakate ins Schaufenster gestellt, auf denen sie selbst gemischte Mittel gegen schwere Fälle von Erkältungen anpries.

Bernstein betrachtete die Reklamen mit Kopfschütteln. Er war auf dem Weg in die Polizeiinspektion, die sich gleich neben der Apotheke befand. Er trug ein hellgraues Kapuzenshirt unter einem alten Armeeparka, den er sich von einem Tuchhändler in Saloniki tieflila hatte färben lassen. Dazu Jeans mit ausgestelltem Bein und Fußballschuhe, von denen er die Schraubstollen entfernt hatte. Es war ein gebrauchtes klassisches Modell ähnlich dem, das Günter Netzer in den Siebzigern bei Borussia Mönchengladbach getragen hatte. Der Verkäufer, ein Straßenhändler aus Birmingham, hatte sogar behauptet, dieses Paar sei das Original.

Bernstein trat in die Apotheke. Der Verkaufsraum war überfüllt. Husten hier, Husten dort. Inmitten des Unheils stand Iris Adler. Sie sah in ihrem weißen Apothekerkittel mit ihren rabenschwarzen Haaren blendend aus. Sie brauchte nicht zu lächeln, ihr Gesicht strahlte trotzdem.

Sie bemerkte Bernsteins Eintritt sofort.

Sie nickte und grüßte.

Er nickte und grüßte.

Es war laut, ganz ungewöhnlich für die Apotheke. Bernstein bemerkte, dass Iris müde aussah, sie hatte dunkle Stellen unter den Augen. Ihr Teint war eine Winzigkeit blasser als sonst.

»Du siehst erschöpft aus, Iris«, sagte Bernstein.

»Ich habe keine Zeit für einen Plausch, Carl. Du siehst, was hier los ist.«

»Hat dich ein Quälgeist um den Schlaf gebracht?«

»Was willst du hören, dass ich ein Nachtleben habe?«

Einige Kunden hörten mit und wussten nicht, wohin sie blicken sollten.

»Hat der Troll von einem Quälgeist auch einen Namen?«

»Bitte, Carl, nicht jetzt, ich muss bedienen.«

»Hast du den Traum der Nacht allein geträumt?«

»Es war kein Traum.«

»Meiner Treu, kein Geist, kein Traum, was sonst könnte dich die liebe lange Nacht auf den Beinen gehalten haben?«

»Ich war in der Hexenküche«, sagte Iris barsch und blickte entschuldigend auf die Kunden, nicht zu Bernstein.

Mit »Hexenküche« meinte Iris Adler ihr winziges Laboratorium, in dem sie nach altem oder eigenem Rezept Tees, Tinkturen oder Pulver anmixte.

»Tut mir leid, ich habe jetzt wirklich keine Zeit mehr, ich –«

»Ich sehe, du bist schon in das große Geschäft eingestiegen.«

»Ich tue, was ich kann. Und jetzt geh, ich habe zu tun.«

Grußlos kehrte sie Bernstein den Rücken.

»Entzückend«, murmelte er.

Beim Verlassen der Apotheke sah er, wie am Löwenbrunnen die Menschen Schlange für das Allheilmittel Heilwasser standen. Genau wie in den besten Tagen der sommerlichen Hochsaison.

21

Bernstein trat in die Polizeiinspektion. Die blonde Polizistin Jana Cerni nahm ihn in Empfang, schüchtern und unerklärlich verunsichert. Sie starrte ihn mit fragenden Augen an. »Alles in Ordnung mit Ihnen, Herr Bernstein?«

»Ich wähne mich im Vollbesitz meiner geistigen, körperlichen und moralischen Kräfte. Aber danke der Nachfrage.«

»Ich meine ja nur, weil heute Ihre Kolumne nicht erschienen ist.«

»Die Muse legt eine Verschnaufpause ein. Kann ich zu Rubin?«

Die Polizistin warf einen Blick auf die Telefonanlage. »Er telefoniert gerade.«

»Heißt das ja oder nein?«

Jana Cerni nickte nur.

Bernstein ging weiter zu Rubins Büro und klopfte an die Tür. Nach einem knappen »Herein« trat er ein, während Rubin seinen Gesprächspartner am anderen Ende der Leitung höflich verabschiedete.

»Hallo, Bernstein«, sagte der Hauptkommissar.

Freitag war bei Bernsteins Eintreten augenblicklich aufgesprungen. Bernstein knuffte und streichelte den Golden Retriever, dass er jauchzte.

Rubin war mit dem Abarbeiten der Gästeliste beschäftigt. Sehr ermutigt sah er nicht aus.

»Ich habe erst knapp die Hälfte der Personen erreichen können.«

»Lass mich raten, niemand will etwas Außergewöhnliches bemerkt haben.«

Rubin nickte. »Und natürlich hat keiner den Wirt im Garten aufgesucht.«

Bernstein ließ sich auf den Besucherstuhl fallen und erklärte: »Dafür habe ich Neuigkeiten. Ich war eben mit Irmgard bei Buchhändler Weimar wegen des vermeintlichen Buchs der Prophezeiung von Bad Löwenau. Buchhändler Weimar hat sich erkundigt. Es gibt tatsächlich eine Niederschrift, die aber angeblich seit Jahrhunderten verschollen ist.«

»Schade«, sagte Rubin.

»Nicht zu früh die Knarre in den Biodinkel schleudern, mein Bester!«

Es gebe nach Wissensstand von Weimar, fuhr Bernstein fort, drei Abschriften des Buches, die sich allesamt in Bad Löwenau befinden müssten, und zwar in Familienbesitz. Bernstein nannte die Namen: Schwaderlapp, Burgmeier und Althaus.

»Hm«, murmelte Rubin. »Mir sagt kein Name etwas. Außer Burgmeier, der Unternehmer.«

»Genau der. Der Fabrikant von Schrauben und Muttern für die Autoindustrie. Ich habe mal ein Interview mit ihm geführt.«

»Wie bitte? Sag das noch mal, Bernstein!«

»Was? Dass ich ein Interview mit –«

»Nein, Unsinn! Was stellen die Burgmeiers genau her?«

Bernstein wiederholte: »Schrauben und Muttern für … Mutter!« Er schlug sich mit der flachen Hand gegen die Stirn.

Rubin kramte den Zettel des Wirts hervor: »›Mutter – 10.000‹.«

»Bei allen Orakeln zwischen Delphi und Neu-Delhi, das ist ein Hinweis, der sich gewaschen hat!«, rief Bernstein.

Rubin ging noch einmal seine Mitschriften der Telefongespräche durch. Er hatte eben erst mit Martina Schloss vom Unternehmen Burgmeier gesprochen, die zu den Gästen des Stadtgipfels gehört hatte. Sie war weder freundlich noch unfreundlich gewesen, weder arrogant noch zuvorkommend. Wie allen anderen sei ihr nichts Merkwürdiges aufgefallen, hatte sie behauptet. Als Grund für ihre Verspätung hatte sie ein geschäftliches Telefongespräch genannt, das sie von ihrem Handy aus auf dem Parkplatz der Gaststätte hatte führen müssen.

»›Mutter – 10.000‹«, sprach Bernstein leise wie ein Mantra immer wieder vor sich hin. »›Mutter – 10.000‹.«

»Der Wirt der ›Waldesruh‹ wird wohl kaum zehntausend Muttern bestellt haben«, sagte Rubin.

»Wenn wir nur wüssten, um welche Einheit es sich handelt. Zehntausend Euro, Pfefferkörner oder Spatzen?«

»Höchstwahrscheinlich Euro, Bernstein.«

»Aber wer wollte sie von wem?«

»Und wofür?«, fragte Rubin.

Bernstein sprang vom Stuhl auf: »Donnerkeil und alle Wetter! In meinem Kopf geht ein Mühlrad um. Ich frage mich, wo ist der Zusammenhang mit der Prophezeiung?«

»Vielleicht gibt es keinen«, meinte Rubin.

»Oder *noch* keinen. Wer, meinst du, könnte der Schnösel sein? Ansgar?«

Rubin überlegte: »Der verrückte Ansgar ist vieles, aber gewiss kein Schnösel.«

Bernstein rieb sich die Hände: »Wie sieht es aus, alter Räuberhauptmann? Machen wir Arbeitsteilung? Ich gehe der Spur der Bücher nach. Und du …«

»… ich durchstöbere die Gästeliste noch einmal nach einem Schnösel, und dann …«

»… genau, dann geht der Herr Hauptkommissar erst mal in den Puff!«

22

Bernstein drückte die Türklingel von Jacqueline Schwaderlapp, der einzigen in Bad Löwenau lebenden Angehörigen der Familie, die er hatte ermitteln können. Die Wohnung lag im zweiten Stock eines Mehrfamilienhauses in der Karl-von-Otto-Siedlung. Eine Frau mit strähniger dunkelblonder Kurzhaarfrisur öffnete. Ihr Haaransatz zeigte ein verwaschenes Grau, sie war ungeschminkt, und ihre Haut auf der Stirn und den Wangen glänzte.

Sie fiel aus allen Wolken, als sie Bernstein, der noch immer seinen lilafarbenen Parka trug, erblickte.

»Gestatten die Dame, dass ich ein winziges Quäntchen Ihrer wunderbaren Zeit entführe? Ich schreibe gerade an einer Geschichte, die die Geschichte der Stadt neu schreiben wird.«

Sie roch nach Alkohol und trug bunte Leggins, die ihr bis knapp über die runden Knie reichten, ihre nackten Füße steckten in rosafarbenen Hausschuhen.

Sie bat Bernstein herein. Drinnen war alles mit Nippes überfüllt, das Wohnzimmer war überheizt. Es sah nach einem Single-Haushalt aus.

»Wir müssen uns warm halten, dass die Dinge nicht wahr werden, von denen geweissagt wird«, sagte sie in einem hölzernen Tonfall, der sie selbst zu überraschen schien. Sie hustete übertrieben laut und trocken in die offene Hand. »Ich denke gerade, ich bin in einem Film, Sie hier bei mir! Puh, bitte nehmen Sie Platz.«

Auf dem Sofa lagen die letzten drei Ausgaben des Bad

Löwenauer Anzeigers. Im Fernsehen lief die tägliche Seifenoper auf TV 4: »Dornige Rosen«. Die Geigen schluchzten.

Frau Schwaderlapp bot Bernstein ein Gläschen Prosecco an. Und eine Praline, die Schachtel war jedoch fast leer.

»Ich habe noch welche, nur einen Moment.«

»Nicht nötig, danke.«

Bernstein kam ohne Umschweife auf das Buch der Prophezeiungen zu sprechen. Die Frau hatte zuerst keine Ahnung, wovon Bernstein sprach. Dann fiel ihr etwas ein.

»Ach, vielleicht meinen Sie die alten Bücher von meinem Vater.«

»Welche Bücher?«, fragte Bernstein.

»Keine Ahnung. Alte Bücher eben«, kicherte sie. »Ich steh nicht so auf dicke Wälzer, ich sehe lieber fern.«

»Könnte ich einen Blick in die Bücher werfen? Ich schreibe an einem exklusiven Artikel über berühmte Bad Löwenauer Familien –«

»Kommen Sie mit.«

Während sie Bernstein in ihr Schlafzimmer führte, berührte sie ihn mehrmals wie zufällig am Arm.

»Ach, ich bin so durcheinander, seitdem Sie da sind, bitte verzeihen Sie.«

Das Bett war das einzige Ordentliche in der Wohnung. Eine Mischung aus Schlaf und billigem Parfum erfüllte den Raum.

Sie wies auf ein schmales Bücherregal neben dem riesigen Kleiderschrank und ließ sich auf das Bett nieder. »Hier sind die Bücher. Bedienen Sie sich, Herr Bernstein, oder darf ich Carl sagen?«

»Wenn es Ihre Lebenslust steigert«, sagte Bernstein geistesabwesend.

Er untersuchte die Bücher, während Frau Schwaderlapp

langsam die ersten Knöpfe ihrer Bluse öffnete. Die Bücher schienen nichts als wertlose Schmöker aus den fünfziger Jahren zu sein, teils in Lederimitat gebunden. Auch eine Ausgabe von »Gullivers Reisen« war darunter.

Die Frau strich mit der Hand über die Tagesdecke und flüsterte: »Was ist an den Büchern so faszinierend?«

Bernstein murmelte etwas Unverständliches und prüfte weiter Buchrücken um Buchrücken, er durchblätterte einen Bildband über Pferdezucht.

»Du hast nur Augen für die Bücher, Carl!« Sie begann hinter Bernsteins Rücken ihre Bluse abzustreifen.

Nein, kein Buch der Prophezeiung. Als Bernstein sich umblickte, saß die Frau ohne Bluse in champagnerfarbenem BH auf dem Bett, die Tagesdecke zurückgeschlagen.

»Wie wäre es mit einer kleinen Verschnaufpause von der Sucherei, Carl?«

»Oh, bei Amor und Aphrodite! Sie sprechen mir von den Wonnen der blindwütigen Lust, den brühenden Ekstasen, den Geheimnissen, die nur in wilder Verschwiegenheit ein Mann und eine Frau teilen können?«

Die Frau nickte.

»Sie sprechen von der Gier nach Fleisch, von den einzig wahren Zuckungen der Glückseligkeit, wenn Leiber wie Feuersbrünste sich in einem Himmel voller Donner verlieren?«

Die Frau nickte heftiger.

»Wenn die Ekstase den bocksköpfigen Gott anruft, der unsere Sinne in den tanzenden Olymp entführt?«

Die Frau war nur noch ein einziges Nicken.

Bernstein schüttelte den Kopf.

»Ich bedaure. Ausgerechnet heute habe ich zu viel zu tun.«

23

Rubin konnte ihn einfach nicht finden, den Schnösel, sosehr er auch die Gästeliste des Stadtgipfels nach ihm durchstöberte. Ihm dröhnte der Schädel, er brauchte frische Luft. Auch für Freitag war es höchste Zeit. Also gingen sie los. Instinktiv hatte Rubin den Besuch in der Leibnizstraße, im Bordell von Bad Löwenau, vor sich hergeschoben. Es war ihm nicht einerlei – sein erstes Mal sozusagen. Durfte er da nicht nervös sein? Also gut, Augen auf und durch!

Rubin und Freitag kamen jedoch zunächst nicht weiter als bis vor die Tür der Polizeiinspektion. Freitag jaulte und bellte, dass es Rubin durch Mark und Bein fuhr.

Der Marktplatz war übersät von Menschen in grauen Mänteln und bunten Allwetterjacken. Jeder blickte stumm in einer seltsamen Mischung aus Neugierde und Furcht um sich oder starrte zum tobenden Himmel.

Ein Sturm war aufgezogen.

Er peitschte und fauchte über das Kopfsteinpflaster des Marktplatzes und riss mit sich, was nicht standhielt. Ein Mülleimer wurde aus der Halterung gerissen, Herbstlaub wirbelte in wirren Kreiseln und setzte feine Nadelstiche, wenn die harten Blätter auf Wangen oder Hände trafen. Die großen Schachfiguren fielen um und trieben über das Spielfeld.

Der Lärm war ohrenbetäubend, dennoch vernahm Rubin vereinzelte Rufe: Jauchzen hörte er, wie Begeisterungsschreie während eines Fußballspiels. Zwei Jungen mit

Spatzenschleudern riefen sich immer wieder »Geil, oder?« zu.

Doch die folgenden Worte waren am häufigsten zu hören: »Das nächste Zeichen! Es ist so weit!«

Jetzt erfasste der Sturm die Plakatwand vor dem Rathaus. Er spielte damit wie mit einem Streichholz. Das Plakat mit den goldenen Lettern der Prophezeiung zerriss, und ein Teil wurde über die Dächer hinweggetragen, weit hinaus aus der Stadt. Der andere Teil blieb auf dem Marktplatz, verfing sich an der Rundbank um die Zierlinde.

Rubin beobachtete alles sehr genau und wusste nicht mehr, was er denken sollte.

24

Bernstein hatte es auf gut Glück versucht, und tatsächlich schien das Glück ihm recht zu geben. Er hatte nämlich geschwankt, ob er den Industriellen Burgmeier in der Firma oder zu Hause aufsuchen sollte. Jetzt klingelte er an der Tür seines großzügigen Anwesens mit opulentem Garten in der besten Wohngegend Bad Löwenaus, und Herr Burgmeier öffnete nach dem dritten Versuch persönlich. Er schien außer Atem. War der massige Mann Anfang fünfzig zu schnell die Treppe hinaufgelaufen?

Bernstein trug seine Anfrage nach dem Buch der Prophezeiungen in schlichten, nüchternen Worten vor. Er kannte Burgmeier vom letzten Interview und rechnete sich aus, dass er mit dieser Strategie am besten fahren würde.

Burgmeier, im Hemd mit offenem Kragen und mit zerzauster Frisur, machte sich nicht die Mühe, Bernstein hereinzubitten. So blieb er auf der Türschwelle im Sturm stehen, der in eiskalten Wogen in den überhitzten Hausflur wehte.

»Ich habe kein Buch der Prophezeiungen in meinem Besitz. Und ich habe auch keine Lust, die Familienbibliothek danach zu durchsuchen«, brummte Burgmeier missmutig und angriffslustig. »Ich habe von diesem Prophezeiungszeug sowieso die Nase voll.«

»Ziehen Sie keinen Nutzen daraus?«, fragte Bernstein betont neutral. »Andere machen dieser Tage das Geschäft ihres Lebens.«

Herr Burgmeier machte eine abfällige Geste. »Manche Leute in der Stadt haben einen gehörigen Dachschaden.«

Bei diesen Worten erschien plötzlich eine Frau, die etwas jünger als Herr Burgmeier zu sein schien. Sie berührte ihn leicht am Arm und erkundigte sich, worum es ginge. Burgmeier erläuterte es ihr, woraufhin sie erleichtert nickte. Sie hatte eine schlanke, sportliche Figur und volle rote Lippen, die wirkten wie erst vor Sekunden nachgezogen. Auch ihr langes dunkelblondes Haar schien gerade erst gebürstet worden zu sein. Sie verströmte einen herben, leicht muffigen Duft.

»Gut, ich habe verstanden«, sagte Bernstein, »ich will Sie und Ihre Frau nicht länger behelligen und setze an anderer Stelle meine Suche fort.«

»Ich bin nicht Frau Burgmeier, das ist meine Schwester. Ich bin im Unternehmen Prokuristin und für das Rechnungswesen verantwortlich«, erklärte die Frau ohne eigentlichen Grund dazu. Sie wirkte auf den zweiten Blick vornehm und kühl, gar nicht so, wie sich Bernstein eine Buchhalterin vorstellte.

Sie brachte das Thema wieder auf die Prophezeiung und deutete auf den Himmel. »Dieses Zeichen ist wahr geworden. Wer weiß, was noch alles geschehen wird.«

Merkwürdig, während sie dies sagte, erkannte Bernstein keinen Zug von Angst oder Entsetzen in ihren Augen, die kalt und klar wirkten.

»Die Zeichen haben nur die Bedeutung, die wir ihnen geben«, sagte Bernstein. Er erhielt keine Reaktion.

»War das alles?«, erkundigte sich Burgmeier.

»Ja«, sagte Bernstein und streckte die Hand zum Gruß aus. Der Unternehmer schlug nicht ein, stattdessen die Tür hart ins Schloss. Und während Bernstein sich wieder durch den

Sturm kämpfte, konnte er den Eindruck nicht abschütteln, er habe Schwager und Schwägerin mit seinem Besuch bei etwas überrascht, das mit fälligen Rechnungsstellungen nur am Rande zu tun hatte.

25

Gegen Abend, vor der Eingangstür des Bordells, oder, wie es offiziell hieß, des »Clubs«, empfing Rubin hinter einem durchsichtigen Windschutz ein Türsteher – Glatze, platte Nase, Goldkettchen, schwarzer Anzug, weißes Hemd. »Ein wandelndes Klischee«, dachte Rubin und zückte seinen Polizeiausweis.

»Hallo, Herr Hauptkommissar, treten Sie ein. Der Hund muss aber draußen bleiben«, sagte der Mann mit hölzerner Freundlichkeit.

»Warum? Gibt es Dinge zu sehen, die nicht für die Augen eines Golden Retrievers bestimmt sind?«

»Keine Ahnung, aber Sie machen die Regeln, nicht ich. Und die Vorschrift lautet: keine Tiere!«

Nun denn, musste Freitag eben draußen bleiben. Was dem Golden Retriever gar nicht so unrecht war, denn hier war viel los. Männer kamen und gingen, überraschenderweise auch Frauen, elegant gekleidet und mit ausdruckslosen Mienen.

»Sei schön artig, Freitag. Ich bin gleich wieder zurück«, sagte Rubin und begab sich hinein.

Welch ein Anblick und welch eine Welt empfing Rubin! Hinter einem dunklen Empfangsflur verbarg sich ein einziger riesiger Raum, ausgestattet wie eine Theaterbühne mit langer Theke, einzelnen runden Tischen und Sitznischen. Ein angenehmer Duft erfüllte den Raum, zart war er und blumig, voller Leichtigkeit, und nichts Triviales oder Billiges war in ihm enthalten. Das Licht war rötlich getönt und unbestimmt wie Kerzenlicht, in dem die Menschen auf Rubin wie Schauspieler in einem magischen Bühnenstück wirkten.

Doch der Clou war der: Um in den Raum zu gelangen, musste zunächst ein winziger, schmaler Fluss auf einer Miniaturbarke überquert werden. Rubin fragte sich, was hier an Umsatz gemacht werden musste, um sich solche Extravaganzen leisten zu können.

Auf der Barke begrüßte Rubin eine Fährfrau mit den Worten: »Tritt näher, Fremder, wenn du diesen Fluss überschreitest, wird ein Traum zur Wirklichkeit.«

Die Frau trug eine schwarze venezianische Maske, die nur die Augen verbarg und Nase, Mund und Kinn frei ließ. Wie alle anderen Frauen, die hier arbeiteten, war sie oben ohne. Obwohl Rubin sich bemühte, nicht hinzusehen, musste er trotzdem und konnte erkennen, dass die Frau schon älter war.

Die Überfahrt dauerte keine fünf Sekunden. Als sie anlegten, drückte die Frau, wie es offensichtlich üblich war, einen Kuss auf die Wange von Rubin.

Und da geschah es: Trotz Maske konnte es keinen Zweifel geben, er erkannte sie! Das Blut schoss ihm in die Schläfen.

Und sie? Sie zitterte plötzlich, atmete schwer, dann fing sie sich wieder und wandte den Blick in Richtung der nächsten Kunden, die schon ungeduldig am anderen Ufer warteten.

Tatsächlich, es war Marion. Rubins Jugendliebe, in die er zwei Jahre lang unsterblich verliebt gewesen war, bis sie … ja, bis eigentlich was genau geschehen war?

Rubin ging weiter, verwirrt, wie ferngesteuert, auf die Theke zu. Unter seinem Sakko und dem Wollmantel begann er zu schwitzen. Sollte er wieder umkehren und Marion ansprechen? Was sollte er sagen? An einem Ort wie diesem, nach so vielen Jahren?

Er schwankte zur Theke und versuchte sich auf seine Aufgabe zu konzentrieren. Erstaunlicherweise wirkten die barbusigen Frauen schon nicht mehr nackt auf ihn. Er hatte sich daran gewöhnt. Man gewöhnt sich eben an alles, dachte Rubin. An fast alles.

An der Theke erkundigte er sich nach der Geschäftsleitung. Die Bedienung beschrieb ihm den Weg zum Büro der Managerin, vorbei an den Separees und an der Wendeltreppe, die in den ersten Stock mit den Zimmern führte.

Der Eintritt in den Flur, an dessen Ende sich das Büro befand, war wiederum ein Schritt in eine andere Welt. Hier herrschte kein Glanz mehr, keine Illusion, hier wurde der Traum geschäftsmäßig verwaltet, hier standen Kopiergeräte. Es wurde gerechnet, nicht verführt.

»Ja, bitte?«

»Mein Name ist Rubin, Hauptkommissar.«

»Willkommen. Bitte treten Sie näher.«

Der Name der Bordellmanagerin war Barbara Müller, und wenn Rubin sie an einer anderen Stelle kennengelernt hätte, er hätte nie ihre Profession erraten. Sie war über fünfzig, hatte kurzes graues Haar und trug eine Strickjacke mit Zopfmuster.

Rubin erklärte ihr den Grund seines Besuches und fragte, ob eine Geschäftsbeziehung zwischen ihr und dem Wirt der »Waldesruh« bestanden habe.

»Sicherlich kommt es vor, dass unsere Mädchen auch extern arbeiten.«

»In der ›Waldesruh‹?«

»Nun, Sie müssen verstehen, dass Diskretion in unserer Branche oberstes Gebot ist und –«

»Wann ist zuletzt ein Mädchen vom Wirt der ›Waldesruh‹ gebucht worden?«, fragte Rubin jetzt fordernder im Ton.

Die Frau fixierte ihn mit ihren ruhigen hellen Augen. »Ich bitte um Verzeihung, ich kann Ihnen das nicht sagen.«

»Ich möchte Sie daran erinnern, dass wir in einem Mordfall ermitteln. Wenn Sie wichtige Informationen verschweigen, kann das Konsequenzen für Sie haben.«

»Wollen Sie mir drohen?«

»Ich tue meine Arbeit.«

»Gehört die grimmige Drohgebärde zu Ihrem Berufsethos?«

»Kann schon sein. Gehört die Vertuschung zu Ihrem? Also?«

Die Frau dachte nach. Schließlich sagte sie: »Ja. Es gab Anfragen.«

»Sie haben Frauen in die ›Waldesruh‹ geschickt?«

»Ja.«

»Wann zum letzten Mal?«

Frau Müller rief eine Datei auf ihrem Computer auf. »Vor drei Tagen.«

»Wie genau lief das ab? Wer hat gezahlt? Der Kunde oder der Wirt?«

Sie zögerte und ließ ihren Blick schweifen. »Wilfried Bauer hat gezahlt. Er hat seinen Kunden ein Komplettpaket verkauft. Zimmer, Vollverpflegung und auf Wunsch gewisse Extras. Die stellten wir ihm in Rechnung.«

»Hatten Sie eine gute Geschäftsbeziehung? Ich meine, hat der Wirt pünktlich gezahlt?«

Die Frau senkte den Blick. »Nein, mit dem Bezahlen hatte er es nicht. Ich glaube, die finanzielle Situation der ›Waldesruh‹ ist sehr angespannt.«

»Aber der Restaurantbetrieb boomt«, wunderte sich Rubin.

Die Frau lachte. »Auch einige Banken scheinen zu boomen. In Wahrheit machen sie Milliarden Verluste.«

Rubin kam auf eine Idee. Was, wenn der Wirt die Löcher in seinen Kassen auf nicht ganz legale Weise zu stopfen versucht hatte? Wenn die versteckte Kuppelei nicht genug abgeworfen hatte, vielleicht hatte er versucht, sich seine Diskretion versilbern zu lassen.

Rubin dachte an Erpressung. Was läge näher? Dann würden sich auch die Worte auf dem Zettel erklären: »Mutter – 10.000«. Jemand aus dem Unternehmen des Mutterfabrikanten Burgmeier hatte zahlen sollen, und zwar zehntausend Euro. Doch wer und wofür?

»Ich danke Ihnen für die Auskünfte, Frau Müller«, sagte Rubin und wandte sich zum Gehen. Im Türrahmen blieb er nochmals stehen und kehrte sich um: »Bitte, ich habe noch eine persönliche Frage. Die Frauen, die bei Ihnen arbeiten, arbeiten sie … ich meine …«

»Ob sie legal arbeiten?«

»Ich meine, ob sie es freiwillig tun?«

»Ja, selbstverständlich. Ich zwinge niemanden. Ich lasse auch keine Mädchen aus Polen oder Weißrussland einschmuggeln, wenn Sie das meinen.«

»Nein, nein«, beschwichtigte Rubin. »Ich frage mich nur, was eine Frau dazu bringt, ihren Körper zu verkaufen.«

Frau Müller erhob sich und trat Rubin entgegen. »Sie sollten die Frage weiter fassen, Herr Rubin. Was bringt überhaupt einen Menschen dazu, sich zu verkaufen? Nicht nur seinen Körper, sondern sein Leben? Was treibt uns, unsere geistigen Fähigkeiten in den Dienst eines Unternehmens zu stellen, das damit rücksichtslos Profit macht? Wir alle tragen unsere Talente auf den Markt. Ja, wir verkaufen bereitwillig unsere Träume an den Meistbietenden, ebenso wie unsere intimsten Überzeugungen, unsere heiligsten Ideale. So geschieht es Tag um Tag überall auf der Welt. Milliarden von Menschen bieten sich und das Schönste, Zarteste und Wertvollste, das sie besitzen, feil. Nun, Herr Rubin, wenn Sie meine Meinung hören wollen: Verglichen mit dem lebenslangen Ausverkauf unserer Träume ist der Verkauf unseres Körpers für jeweils durchschnittlich elf Minuten – eine Lappalie.«

26

Gegen Abend legte sich der Sturm. Es wurde ruhiger auf den Straßen der Stadt, und die Bad Löwenauer begannen damit, die Schäden zu addieren. Sie zählten wenige zerbrochene Fensterscheiben und beschädigte Vorgartenfiguren. Umherfliegende scharfkantige Gegenstände hatten vereinzelt Beschädigungen an Autos hervorgerufen. Zum Glück war kein Mensch zu Schaden gekommen.

Insgesamt fiel die Sturmbilanz alles andere als verheerend aus. Trotzdem konnte von Normalität in Bad Löwenau keine Rede sein. Auch bei Dunkelheit strömten Einheimische und Touristen, wie in robuste Wetterkleidung gehüllte Pilger, auf den Marktplatz, versammelten sich feierlich und voller Neugierde in gespannter Erwartung um den Löwenbrunnen, schöpften Heilwasser und prosteten sich Gesundheit zu.

Angesichts der unsichtbaren, ungreifbaren Prophezeiung entstand auf diese Weise eine seltsame Gemeinschaft. Es schien, als rückten die Menschen näher zusammen. Man kam mit anderen ins Gespräch, Touristen mit Einheimischen, Einheimische untereinander, und es entstanden intensive Unterhaltungen zwischen Personen, die unter anderen Umständen vermutlich niemals ein Wort miteinander gewechselt hätten.

Ja, an diesem Abend entwickelte sich eine gelöste Volksfeststimmung. Bier, Wein und Sekt waren rasch organisiert. Irgendjemand spendierte Würstchen.

Diese Stimmung schwappte auch zu Ricardo hinüber. Es ging in dem voll besetzten Ristorante noch lauter und lebhafter zu als sonst. Rubin, Bernstein und Freitag waren mittendrin. Eine Gruppe von Touristen aus Belgien stimmte aus rauen Kehlen flämische Volkslieder an. Bald fielen andere Gäste mit ein. Ricardo war zufrieden, denn Singen macht hungrig. Und durstig, sehr durstig.

Im Fernseher lief eine Talkshow auf TV 4: Bürgermeisterin von Roth im Gespräch mit dem Vorsitzenden des Gewerbevereins und einigen Bürgern. Im Lärm konnten die Freunde nur hin und wieder einen Satz oder einen Satzbrocken von dem Talk aufschnappen, doch das war im Grunde egal. Von Roths strahlende Miene sagte alles. So hatten weder Rubin noch Bernstein die Fürstin je erlebt – sie sah aus wie ein glücklicher Mensch, der gerade erreichte, was er sich vorgenommen hatte, und der die Zukunft nicht zu fürchten brauchte.

Sie kamen auf den Wirtsmord zu sprechen.

»Bei allen Gaunern und Tricksern!«, rief Bernstein, nachdem Rubin ihm von den Erkenntnissen aus dem Bordell berichtet hatte. »Ich habe es geahnt. Der Wirt war ein scheußlicher Erpresser, und dafür musste er büßen.«

»Aber wer ist der Racheengel?«

Bernstein berichtete von seinen beiden Besuchen, insbesondere von dem bei Familie Burgmeier.

»Wie ist Martina Schloss?«, wollte Rubin wissen.

»Kalt wie eine Sturmböe bei gleißendem Sonnenschein«, gab Bernstein zur Antwort.

»Und Herr Burgmeier? Könnte er der Schnösel sein, den wir suchen?«

»Fehlanzeige.«

Rubin wirkte müde. »Ich habe ihn auch noch nicht gefunden«, sagte er unbestimmt. »Was aber die Ermittlung am meisten erschwert, das sind die ständigen Anrufe von Bürgern, die Meldungen über vermeintliche Zeichen zum Besten geben. Wir sind in der Polizeiinspektion zurzeit ja nur zu dritt.«

»Warum lässt du die Telefone nicht einfach klingeln?«

»Das geht nicht.«

»Warum nicht? Ist der Lärm zu groß?«

Rubin senkte den Blick und sagte dann sehr langsam: »Weil die Polizei die Ordnung repräsentiert. Wir müssen den Bürgern das Gefühl der Sicherheit vermitteln. Wir sind das Sammelbecken ihrer Sorgen und Nöte.«

Bernstein räusperte sich. »Du guter Mensch von Bad Löwenau! Musst du deshalb jeden Blödsinn im Wortlaut protokollieren?«

Rubin sah Bernstein fest in die Augen. »Ja. Denn nur die Konsequenz gewährleistet die Ordnung. Wenn wir nur eine einzige Ausnahme machten, würde das unsere Glaubwürdigkeit zerstören.«

»Hast du denn schon einen einzigen sinnvollen Hinweis erhalten?«

Rubin musste grinsen. »Bislang noch nicht. Aber das ist nicht entscheidend. Es reicht ein einziger, ein einziger Hinweis, der alles verändert.«

Rubin verfiel nach diesen Worten in Schweigen.

Bernstein beobachtete den Freund. Sein Laptop befand sich neben ihm auf der Tischplatte, er war auch angeschaltet, aber es drang keine Punkmusik aus den Lautsprechern. Bernstein blickte jetzt abwechselnd auf den Bildschirm seines Computers, auf das Display seines Handys, das im Minutentakt aufleuchtete, was neue Mitteilungen signalisierte, und auf den Fernseher. Er ließ seinen Blick über die Gäste des

Ristorante schweifen. Er sah zum Fenster hinaus, auf die Volksmenge auf dem Marktplatz.

»Der Sturm wird sich so rasch nicht legen«, sagte Bernstein schließlich.

Dann erschien Ricardo mit den Speisen. Er hatte auf seine Weise auf die Ereignisse reagiert und ein spezielles Prophezeiungsmenü zusammengestellt, bestehend aus buntem Gemüse – der Vitamine wegen – und aus unterschiedlichen Sorten Geflügel.

»Bitte schön, *amici*, hier für euch, von allem die Beste und alles frisch auf Teller. Mit frisch von Himmel gefallen Wachtele.«

27

Später in »Pits Pinte«, dem Pub von Bad Löwenau, saß Bernstein Iris Adler gegenüber.

Auch hier drängten sich die Menschen, alle Tische waren besetzt, an der Theke standen die Besucher in drei Reihen und brüllten ihre Bestellungen Ines, der jungen Bedienung, entgegen. Auf der Bühne machte sich der Sänger für das nächste Set bereit.

Bernstein trug ein schwarzes Ledersakko, darunter ein T-Shirt mit dem Bild Bob Marleys, der einen dicken Joint rauchte. Er hatte sein Haar streng nach hinten gekämmt.

Iris Adler trug einen gemütlichen Rollkragenpullover.

»Und, meine Schönheit, was macht dein Hustengeschäft?«, fragte Bernstein.

»Ich kann nicht klagen, aber wie geht es dir? Mir scheint, du machst Urlaub.«

»Ja, Urlaub in Bad Löwenau.«

»Es ist die beste Zeit dazu.«

»Das fürchte ich auch.«

»Oder fällt dir nichts mehr ein, Carl?«

»Die Muse gibt sich widerspenstig.« Er blickte tief in Iris' Augen.

»Die Muse will bezirzt werden. Dann kommen die Einfälle von allein«, sagte sie, die es genoss, so intensiv betrachtet zu werden.

Bernstein hatte eine schöne Antwort parat, eine besonders geistreiche, wie er fand, doch er kam nicht dazu, sie Iris im

Flüsterton vorzutragen. Denn in diesem Augenblick setzte der Sänger auf der Bühne zum nächsten Lied an.

So musste Bernstein es bei einem Nicken belassen, worauf Iris mit einem Lächeln antwortete – ihrem feinen, schönen, undeutbaren Lächeln.

Sie lauschten dem Sänger auf der Bühne:

»Last night I had the most peculiar dream
I dreamed I saw a knight and a queen
The queen was in rags and the knight without arms
And he whispered into her ear
Would you follow me, my dear
To the palace of mirrors?
To the palace of mirrors?«

28

Im Besprechungsraum des Bad Löwenauer Anzeigers herrschte am nächsten Morgen eine zum Bersten gespannte Stimmung unter den Anwesenden. Sulzbach, der Verleger, rauchte Zigarre und blickte düster. Und das, obwohl der Chefredakteur soeben einen Jubelbericht abgeliefert hatte. Die Prophezeiungsstory hatte voll eingeschlagen. Die Verkaufszahlen der Zeitung waren in die Höhe geschossen, die Anzeigenkunden signalisierten Bereitschaft, horrende Summen auf den Tisch zu blättern, wenn ihre Annoncen in der unmittelbaren Nähe der Artikel über die Prophezeiung gedruckt würden.

Der Chef vom Dienst ergänzte den Rapport des Chefredakteurs durch interessante, aber nur für Verlagsinsider bedeutsame Details.

Zur Besprechung war auch Ayse Arslan geladen, die junge Redakteurin, die für ihren einfühlsamen und bewegenden Artikel über den verrückten Ansgar Dutzende von lobenden E-Mails erhalten hatte. Auch Sulzbach hatte nur Worte der Hochachtung für sie.

So weit lief alles gut, ja bestens, um genau zu sein. Wäre da nicht ein einziger Wermutstropfen gewesen.

Auch an diesem Morgen war keine Kolumne von Bernstein erschienen. Sulzbach hatte daraufhin diese Besprechung einberufen. Doch Bernstein war noch nicht da. Würde er überhaupt kommen? Seit dem Redaktionsschluss des gestrigen Abends war er nicht zu erreichen gewesen. Er war nicht ans Telefon gegangen, Mails hatte er wie üblich ignoriert. Schließlich hatte Ayse ihn ans Telefon bekommen und ihn über die außerordentliche Sitzung informieren können.

Jetzt warteten alle auf Bernstein.

Stille lag über dem Raum wie eine Wolldecke aus Blei.

Der Chefredakteur stellte gewagte Mutmaßungen an, um irgendetwas zu sagen, und kritisierte das fehlende Engagement Bernsteins, das eigentlich gar nicht zu ihm passe.

Sulzbach ließ die Worte unkommentiert, blätterte in der aktuellen Ausgabe des Anzeigers vor sich auf dem Tisch und warf der Wanduhr hasserfüllte Blicke zu.

Dann ging die Tür auf – und die Praktikantin brachte den bestellten Kaffee. Hinter ihr enterte Bernstein den Besprechungsraum.

»Guten Morgen, meine Herren, und erst recht meine hochverehrte, bezaubernde Dame, hier kommt der Scherzkeks zum frischen Kaffee«, führte sich Bernstein lautstark in die Runde ein und schwang sich auf den leeren Stuhl, der am weitesten von Sulzbach entfernt war.

Zögernde und halblaute Erwiderungen folgten auf seinen Gruß, die Praktikantin verließ nach dem Abstellen der Getränke den Raum im Eiltempo. Ayse war die Einzige, die so etwas wie ein Lächeln versuchte.

Bernstein trug an diesem Morgen ein olivfarbenes Barett und ein klassisches altweißes Hemd mit Kentkragen, darüber eine graue Anzugweste. Er trug eine Krawatte im Paisleymuster. An seinen Füßen steckten ausgetretene Arbeiterstiefel.

Wenn Blicke Pistolenschüsse wären, Sulzbach hätte Bernstein wie ein Sieb durchlöchert, doch der Verleger richtete das Wort überraschend ruhig und sachlich an ihn. »Carl, wir kennen uns seit vielen Jahren, seitdem du bei uns angefangen hast. Du weißt, wir können über alles sprechen, wir finden für alles eine Lösung.«

Bernstein hörte genau zu.

»Wenn du Probleme hast, ist das keine Tragik. Probleme sind dazu da, dass man sie löst. Liegt dir was auf dem Herzen? Passt dir irgendetwas nicht?«

Bernstein gab keine Antwort.

»Gut, ich will es so sagen. Es muss einen verdammten Grund dafür geben, dass du nicht schreibst. Mein Gott, du bist unser Star und hast in der Vergangenheit schon aus einem Furz ein Meisterstück gemacht! Da muss dir doch was zur Prophezeiung einfallen«, rief Sulzbach nun mit deutlich erhobener Stimme.

Bernstein zeigte keine Reaktion.

»Oder hast du Geldsorgen? Wenn du ein paar Kröten mehr brauchst, Mann, warum sagst du dann nichts?«

Kein Zucken, nichts.

Sulzbach verzog den Mund. »Also gut, du willst es auf die harte Tour. Das soll mir recht sein. Ich stelle dir jetzt eine einzige Frage, und darauf gibst du mir eine endgültige Antwort: Schreibst du für morgen eine Kolumne? Ja oder nein?«

Sulzbach hatte die letzten Worte mehr gebrüllt denn gesprochen, der Chefredakteur sah betreten unter sich, der Chef vom Dienst auch. Ayse war die Einzige, die Bernstein direkt ansah, ängstlich, besorgt, voller Teilnahme.

»Ich ziehe es vor, es nicht zu tun«, antwortete Bernstein.

Sulzbach faltete die Zeitung, die vor ihm auf der Tischplatte lag, langsam zusammen. »Gut, du hast es so gewollt. Dann bist du dir auch über die Konsequenzen im Klaren. Ab heute ist Schluss! Ich hab die Schnauze voll von dir und deinen Extravaganzen. Du bist raus! Ich will dich hier nie wiedersehen!«

Wieder zeigte Bernstein keine sichtbare Reaktion.

Jetzt ließ Sulzbach alle aufgestaute Wut auf einmal heraus. »Eigentlich hätte ich es wissen müssen! Die Worte Verantwortung, Loyalität und Gemeinschaftssinn sind natürlich Fremdworte für dich. Was es heißt, die Stadt zu lieben, das kann nur ein waschechter Bad Löwenauer verstehen! Und genau der bist du ja nicht, du mieser Engländer, du Scheiß-Tommy!«

Ayse entfuhr ein Laut des Entsetzens. Sulzbachs Kopf glühte. Bernstein blieb äußerlich ruhig, nur wer genau hinsah, konnte erkennen, dass seine Kieferknochen zum Brechen angespannt waren. Doch außer Ayse betrachtete ihn niemand so genau.

Worauf Sulzbach anspielte, war Carl Bernsteins turbulente Vergangenheit. Er war in der Tat in England geboren worden, in Shaftesbury, einer idyllischen Kleinstadt in der Grafschaft Dorset. Er war das einzige Kind eines Romanautors und einer Kunsthändlerin. Sie lebten in einem Cottage außerhalb der Stadt. Eines Nachts drangen Männer gewaltsam in das Haus ein, offenbar auf Kunstschätze aus. Bernsteins Vater und Mutter stellten sich den Einbrechern entgegen, eine beispiellose, mutige Tat, die sie allerdings mit dem Leben bezahlten.

Carl war in einer einzigen Nacht zur Waise geworden, er war allein, buchstäblich, denn weder Vater noch Mutter hatten überhaupt oder noch lebende Geschwister. Ihm drohte das Waisenhaus. Überraschende Hilfe kam schließlich aus Deutschland, aus Bad Löwenau. Ein Brieffreund des Vaters, der Arzt und Hobbydichter August Denker, erfuhr von der Tragödie und bot sich an, die Waise in seiner Familie aufzunehmen. Carl kannte die Familie Denker nicht, er kannte auch Deutschland nicht, aber willigte ein. Nachdem die Formalitäten erledigt waren – was sich über ein Jahr hinzog –, kam Carl als Zehnjähriger nach Bad Löwenau, als Ziehsohn von August und Renate Denker, die selbst keine Kinder hatten.

Die ersten Worte, die Carl sprach, als er in Begleitung seines englischen Betreuers am Bahnhof von Bad Löwenau anlangte, waren diese, die er aus alten Wörterbüchern zusammengesucht und auswendig gelernt hatte: »Gutes Tag, Fron Denker, ich freut sich, mein Zukunft mit dir und Frauenzimmer haben. Bezauberndes neues Stadt, bei dem Weg.«

Bernstein erhob sich ohne Kommentar von seinem Stuhl und verließ den Besprechungsraum des Bad Löwenauer Anzeigers, zielstrebig und entschlossen, wie ein Mensch, der genau weiß, was er tut.

29

Und dann, kurz vor Mittag, geschah es. Lukas Maibach in der dritten Klasse der Gebrüder-Grimm-Schule rief es laut heraus: »Da, da ist er! Der Regen kommt!«

Augenblicklich sprangen alle Schüler auf und drückten ihre Nasen an die Fensterscheiben, an denen von außen graue, durchsichtige Regentropfen verliefen.

Die überforderte Lehrerin Frau Konrad kapitulierte vor dem Versuch, ihre Meute zu bändigen. Alle stürmten unter hellem Gejohle nach draußen auf den Schulhof. Dort waren sie nicht die Ersten, auch Schüler der vierten, fünften und der neunten Klassen, ja sogar der Oberstufen, waren bereits unter freiem Himmel versammelt und ließen sich aufgeregt und gründlich nass werden.

Der Regen schoss wie aus tausend reißenden Quellen aus dem Himmel, aus gewaltigen, zähen, dichten tintenschwarzen Wolken. Regen über Bad Löwenau. Das nächste Zeichen wurde wahr!

Auf dem Marktplatz brach die Hölle los, in der überfüllten Touristikinformation, im Foyer des Hotels, in den Boutiquen, die vor Kunden aus allen Nähten platzten. Augenblicklich lösten sich die Menschen von den Halskettchen, die sie gerade noch hatten kaufen wollen, zogen ihre Zehen aus den Schuhen, in die sie Sekunden zuvor mit kritischen Mienen geschlüpft waren, und stürmten aus den Geschäften nach draußen, als hätten sie noch nie in ihrem Leben Regen gesehen.

Regen, der auf das Kopfsteinpflaster prasselte.

Doch was machte der Regen mit den Menschen? Einige breiteten ekstatisch die Arme aus, reckten die Köpfe dem Himmel entgegen und vertieften sich in spontane Meditationen. Andere zogen sich bis auf die Unterwäsche aus und hielten einander schweigend an den Händen, während sie in wenigen Augenblicken bis auf die Knochen durchnässt waren. Die meisten jedoch standen einfach nur da, staunten und wurden nass.

So auch der verrückte Ansgar, der seinen Augen nicht zu trauen schien.

Die Bürgermeisterin, am Fenster ihres Büros, rief eilends Judith Silberpfennig zu sich. Beide genossen hinter der sicheren Scheibe und von oben herab das triefende Spektakel. »Wie bestellt«, sagte von Roth leise. Die Fürstin fasste den Regen als ihr persönliches Verdienst auf.

Irmgard Rathenow hatte der Wolkenbruch beim Einkauf überrascht. Als sie in einem Hauseingang Unterschlupf gefunden hatte und von dort die zügellose Menge im Regen beobachtete, überfielen sie zum ersten Mal Gewissensbisse. Trug sie eine Mitschuld an diesem Wahnsinn?

Ricardo war bei den ersten Tropfen gleich zur Tür seines Ristorante geeilt und hatte nach seiner Frau gerufen: »Bella Caterina, wo sind *bambini*? Durfe nit raus in Rege – isse böse Prophezeiungrege!«

Ayse in der Redaktion des Bad Löwenauer Anzeigers raufte sich die Haare. Sie hatte von Sulzbach persönlich den Auftrag erhalten, einen bewegenden Erlebnisbericht über den Regen als Zeichen der Prophezeiung zu verfassen. Er räumte ihr zwei Spalten auf der Titelseite ein. Ayse suchte krampfhaft nach Synonymen für das Wort »Regen«.

Rubin in der Polizeiinspektion, das Ohr am Telefonhörer,

wäre der Wetterwechsel zunächst fast entgangen. Freitag hatte durch lebhaftes Bellen allerdings signalisiert, dass etwas Außergewöhnliches auf dem Marktplatz vor sich ging. Doch galt sein Bellen tatsächlich dem Regen oder eher der seltsamen Menschenmasse?

Rubin beendete das Gespräch unter einem Vorwand und schritt mit einer dampfenden Tasse Earl Grey mit einer Extraportion Milch ans Fenster. Er spürte, dass die Prophezeiung mit diesem Spektakel eine neue Dimension erreicht hatte. Die Menschen hatten das bekommen, wonach sie verlangt hatten, wofür viele von ihnen viel Geld auf den Tisch blätterten. Und er ahnte düster, dass ihre Ansprüche auf Sensationen noch weiter steigen würden.

Begann Rubin selbst schon an den Spuk zu glauben? Die Wahrheit war, er war sich plötzlich nicht mehr sicher. Alles erschien ihm so absurd, so verrückt, es konnte alles oder nichts geschehen. Da war kein Unterschied mehr zwischen dem Wahrscheinlichen und dem Unwahrscheinlichen. Doch gerade die Trennbarkeit dieser beiden Begriffe war in seinem Beruf von lebensentscheidender Bedeutung.

Rubin fragte sich, wozu die erregte Menschenmasse dort draußen noch imstande war? Würden sie auch …?

Ein weiteres Telefonklingeln riss ihn aus seinen Gedanken. Auch das war ein Wahnsinn, den er in über fünfundzwanzig Jahren als Polizist noch nie erlebt hatte. Die eingehenden Anrufe hinderten ihn immer mehr daran, Telefongespräche zu führen, auf die es wirklich ankam. War das Zufall, oder steckte ein System dahinter? Es fehlten immer noch einige Namen auf der Gästeliste, die Rubin nicht bearbeiten konnte.

Jana Cerni war mit ihren Nerven am Ende, Polizeiobermeister Schwarze meldete sich freiwillig zum Streifendienst, den er eigentlich hasste, um bloß keine weiteren Meldungen von besorgten Bürgern wegen zerfetzter Spatzen und von Sturmböen umgerissenen Gartenzwergen mehr bearbeiten zu müssen.

Das Telefon läutete unerbittlich weiter. Rubin nippte an seinem Tee. Nein, dieses eine Mal würde er nicht rangehen.

30

Unterdessen trotzte Bernstein amüsiert dem Regen unter seinem riesigen chromgelben Schirm mit der Aufschrift: »The war is declared – London calling!« Er ließ den Schirm über seinem Kopf wie einen Kreisel rotieren, sodass die auftreffenden Regentropfen in alle Richtungen geschleudert wurden, und hüpfte vergnügt in seinen robusten Arbeiterschuhen zwischen den Wasserpfützen hindurch.

Bernstein war durch die engen Gassen hinter dem Marktplatz Richtung Norden unterwegs, zur Familie Althaus, der dritten und letzten Bad Löwenauer Familie, die vielleicht ein Exemplar des Buchs der Prophezeiung in ihrem Besitz haben könnte. Sie wohnten im obersten Stock eines Fachwerkhauses zwischen einem Immobilienbüro und einem Piercing-Studio.

Ein hagerer Mann Mitte siebzig in Strickjacke und mit Seidentuch im offenen Kragen öffnete Bernstein die Tür. Er hatte volles graues Haar, das ihm in Strähnen über die Stirn fiel, der Nacken war ausrasiert. In seinem kantigen Gesicht mit wuchtigem Kinn funkelten die Augen hell wie Katzenaugen.

»So, ein Buch suchen Sie, Herr Bernstein. An Büchern hat es bei mir keinen Mangel«, sagte der Mann sehr langsam mit einer seltsam entrückten Stimme.

Er bat Bernstein herein, unbekümmert um die feuchten Fußstapfen, die er auf dem Teppichboden hinterließ, und führte ihn durch einen schmalen Flur ohne Fenster in einen riesigen Raum, in dem die Bücherregale an allen vier Wänden bis hinauf zur niedrigen Decke reichten.

»Beim Zottelbarte des Homer!«, rief Bernstein beeindruckt.

Die Bibliothek roch stark nach Staub und altem Papier, die Luft war so trocken, dass Bernsteins Zunge fast am Gaumen klebte.

»Bitte, Herr Bernstein, ich gewähre Ihnen einen Einblick in meine Schatzkammer«, sagte Herr Althaus voller Zuvorkommenheit.

Bernstein trat näher an die Buchreihen und kam aus dem Staunen nicht mehr heraus. Schon auf den ersten Blick entdeckte er wertvolle Folianten, in Echtleder gebundene Breviere und Lexika.

»Darf ich?«, fragte Bernstein und zeigte auf eine Ausgabe von Immanuel Kants »Kritik der Urteilskraft«.

Herr Althaus nickte. Als Bernstein das Buch aufschlug, vernahm er ein Husten aus dem Nebenraum, auf das sein Gastgeber nicht mit der Andeutung eines Wimpernschlages reagierte.

»Es ist die Erstausgabe von 1790, Herr Bernstein. Sie werden weitere kostbare Erstauflagen finden. Meine Bibliothek, so will ich mit Stolz und ohne allzu dreiste Anmaßung behaupten, vereint die edelsten Werke der Philosophie, Literatur, Medizin sowie der Religionen. Ich beherberge Bücher über antike Heilkunst und die Zahlenmystik der Kabbala. Die Merseburger Zaubersprüche finden Sie ebenso wie den Traktat Wittgensteins. Doch ein Buch über die elende, alberne, stumpfsinnige Deppenprophezeiung von Bad Löwenau werden Sie vergebens in meinem Besitz suchen.«

Bernstein stellte das Buch mit einem Lächeln zurück ins Regal. »Klare Worte, klare Verhältnisse.«

In diesem Augenblick erklang wieder ein Husten aus dem Nebenraum, lauter und gequälter als vorhin.

»Das ist meine Frau, entschuldigen Sie die Belästigung«, erklärte Herr Althaus streng, fast vorwurfsvoll. »Sie hat sich eine Erkältung zugezogen und muss das Bett hüten.«

»Gerade so wie die Prophezeiung es geweissagt hat«, spottete Bernstein.

Augenblicklich trat ein höhnisches Funkeln in Herrn Althaus' Augen. »Billiger Hokuspokus!«, zischte er.

Er ließ sich schwerfällig in einen Sessel neben einem Lesetisch mit drei aufgeschlagenen Büchern und einer Leselampe nieder und wies Bernstein den Sessel daneben zu. Er sprach sehr langsam, und seine Stimme schien aus einer fernen Welt zu kommen. »Ich verfolge die Berichte in den Medien und sehe, was die Menschen treiben in ihrer eitlen, geilen Vorfreude auf das bevorstehende Unheil. ›Das Ende naht!‹ Ja, wieder einmal, wie schon hundertmal in der kläglichen Entwicklungsgeschichte der Krone der Schöpfung.

Nichts übt so ungeheure Faszination auf die Gemüter der Menschen aus wie das Unheil, nicht das Glück, nicht der Friede. Der Friede steht ab wie Bier, das schal wird nach einer Weile, das Glück nicht minder. Doch die Ankündigung einer Katastrophe versetzt alle Welt in Erregung und zieht die Menschen an wie das Licht die Motte. Endlich ist mal etwas los, und zwar auf die denkbar vorteilhafteste Weise: ohne dass jemand selbst dafür auch nur einen Finger rühren muss. Wenn dann später alles vorbei ist – und glauben Sie mir, es hat noch jede Katastrophe ein Ende genommen –, können die Menschen ihren Enkeln stolz erzählen, dass sie dabei gewesen sind. Ja, mittendrin. Die kühnen Helden! Oh, wie erbärmlich ist der Stolz der Menschen, die immer nur dabei sind und immer nur mitmachen.

Wieder einmal geht die Welt unter. Doch frage ich mich, welches Unheil diesmal kommen soll. Ist das Elend nicht schon längst unter uns, das gepflegte Elend von Langeweile und Mittelmaß? Sehen Sie sich doch diese Einfaltspinsel an, mit ihren Bausparverträgen, ihren Supermarktschnäppchen und Backrezepten. Diese Nummern sicher, diese Zeitgeistidioten im Einheitskorsett der gerade zufällig gültigen Mode – diese, sage ich Ihnen, sind der wahre Untergang! Das große Unheil wartet nicht am Ende aller Tage, sondern ist mitten unter uns und lauert in jedem Morgen, Mittag, Abend und jeder Nacht auf seine arglosen Opfer. Die Katastrophe steht nicht bevor, sie ist längst geschehen. Die meisten erkennen sie bloß nicht, weil sie auf den großen Knall warten. Doch der große Knall ist in Wahrheit ein großes Winseln.«

Und mit diesen Worten beendete Herr Althaus seine Ausführung. Er wirkte weder verbittert noch erregt; er ruhte fest in sich selbst und in der unbestechlichen Gewissheit, die für ihn aus seinen Worten sprach.

Bernstein dankte dem seltsamen Herrn und trat wieder hinaus, zurück in den prasselnden Regen des Unheils.

31

Dieser, der Regen, schlug unerbittlich nieder und riss auch bis in die Abendstunden hinein nicht ab. Er hielt die Stadt fest im Griff. Das ging so weiter, bis auch das letzte Zeichen wahr wurde. Eine seltsame, fremdartige Erscheinung wurde gesichtet – an unterschiedlichen Stellen in Bad Löwenau.

Sogleich erstatteten die Bürger Meldung in der Polizeiinspektion.

»Ich habe da etwas Fürchterliches gesehen auf dem Marktplatz, aber nicht mitten darauf, sondern am Rand, bei Hassans Mini-Supermarkt. Ich kann nicht genau sagen, was es war, ein Mensch oder ein Tier. Jedenfalls ist er oder es dann in der Mangelgasse verschwunden.«

»Im Norden der Stadt treibt sich jemand rum. Er sieht wirklich furchteinflößend aus!«

»Es war so eine seltsame Erscheinung im Park, dunkel wie ein Schatten. Ich dachte noch, bei Gott, der wird doch nicht seinen Mantel aufreißen! Sie wissen, was ich meine – wie so ein Exibinist, oder wie das heißt.«

Auch über Aussehen und Geschlecht der Erscheinung gingen die Meldungen weit auseinander.

»Er war mindestens zwei Meter groß und hatte Schultern wie ein Bauernschrank.«

»Ich glaube, es war eine Frau, sie war klein, ein bisschen untersetzt und trug eine Kapuze über dem Kopf. Das Einzige, was sie tat, sie ging immer die Straße rauf und runter, rauf und runter, die ganze Zeit.«

»Ich dachte zuerst, es wäre der Pfarrer Mausinger. Der Fremde sah fast genauso aus, nur etwas größer.«

»Das ist gewiss kein Mensch von heute, sondern einer von früher, ein Ritter, ja, genau, so sieht er aus, bloß ohne Rüstung. Grauslich, kann ich Ihnen sagen, grauslich!«

Besorgte Bürger posteten auch entsprechende Einträge auf der Internetseite der Stadt. Judith Silberpfennig informierte ihre Chefin darüber. Bürgermeisterin von Roth war überrascht. Damit hatte sie nicht gerechnet, vielmehr hatte sie angenommen, mit dem Regen habe die Kampagne ihren Höhepunkt erreicht, unterstützt von Zufall und Herbstwetter.

Judith fragte: »Haben Sie da wirklich nichts veranlasst?«

Die Bürgermeisterin schüttelte den Kopf. Und bedauerte, dass ihr selbst nicht die Idee dazu gekommen war, jemanden als prophetischen Fremden zu engagieren.

Andererseits: jetzt, da er erschienen war – umso besser!

32

In der Folge sollte der geheimnisvolle Fremde immer wieder und an unterschiedlichen Stellen in der Stadt gesichtet worden sein: auf dem Marktplatz in der Abenddämmerung, in der Nähe der Gebrüder-Grimm-Schule, bei den Schamottwerken außerhalb der Stadt, ja sogar im Park der Kurklinik. Doch in jedem Fall blieb seine Erscheinung flüchtig wie ein Schatten.

War er ein Gespenst? Eine kollektive Halluzination?

Fest stand: Seit seinem Auftauchen strömten die Touristen noch zahlreicher in die Stadt. Alle Hotels waren bis unters Dach ausgebucht. Eine beliebte Unterhaltung der Besucher bestand darin, sich in bunten Gruppen von fünf bis acht Personen auf Fremdensuche zu begeben. Man durchkämmte erwartungsvoll die Gassen der Stadt und suchte und suchte – jedoch ohne Erfolg. Meist endeten diese von ortskundigen Stadtführern begleiteten Fährtensuchen bei einem Stück Astkuchen im »Café Schirner« am Marktplatz oder bei einem, zwei, drei oder vier Bier.

Trotz dieser unterhaltsamen und für die Gastronomie höchst einträglichen Einlagen war es nun nicht mehr zu leugnen, dass die allgemeine Stimmung in Bad Löwenau sich zu verändern begonnen hatte. Die toten Vögel, der Sturm und der Regen – diese ersten Zeichen der Weissagung hatten im Vergleich zu dem Fremden noch etwas Harmloses besessen, das leicht bestaunt oder belächelt werden konnte.

Doch ein Fremder, von dem niemand wusste, wer er war,

noch, was ihn antrieb, das war ein deutlich anderes Kaliber. Mutmaßungen über seine Identität überschlugen sich: War er ein Verbrecher? War er ein entflohener Sträfling? Oder gar der Teufel selbst, der gekommen war, die Menschen zu versuchen? Pfarrer Mausinger ließ dergleichen in einer seiner Predigten anklingen, wenn auch versteckt. Man musste schon genau hinhören und zwischen den Zeilen lesen. Im Allgemeinen sprach Mausinger von Weltoffenheit und Solidarität.

Viele der älteren Mitbürger trauten sich bei Dunkelheit nicht mehr auf die Straße, die Jungen hingegen drängte es umso stürmischer vor die Tür. Gute Ratschläge zur Vorsicht wurden in den Wind geschlagen. Die furchtlosen Recken zogen dem Fremden entgegen. Doch zu vorgerückter Stunde kehrten auch sie nicht anders als die Touristenpfadfinder ohne Abenteuer, erfolglos und mit kalten Ohren zurück.

Rubin und Bernstein waren bei Ricardo in ihre Pasta vertieft. Freitag erfreute sich eines Napfes voll mit original italienischer Hundeköstlichkeiten, die sich Ricardo von seinem Neffen als Überraschung für den Golden Retriever aus Neapel hatte mitbringen lassen. Die beiden Freunde hatten seit einiger Zeit nichts gesagt, jeder hing mit hungrigem Magen seinen Gedanken nach.

Da schreckte Bernstein plötzlich auf. »Vorsicht, Rubin, hinter dir!«

Rubin fiel fast der Bissen aus dem Mund, er reckte den Kopf und sah – nichts, nur die Gäste am Nebentisch in blanker Verwirrung.

Bernstein grinste über beide Wangen: »Bitte entschuldige die Sinnestäuschung, mein Bester, aber ich wähnte, ein Fremder sei hinter dir auf der Pirsch.«

»Witzbold«, stieß Rubin hervor und nahm einen Schluck Bier zu sich.

»Du hast noch gar nicht erzählt, ob du auch zu der Schar Auserwählter gehörst, die den Fremden bereits getroffen, gerempelt oder gesteinigt haben will«, sagte Bernstein.

»Nein, ich hab ihn bislang noch nicht gesehen, ich komme auch wegen der ständigen Meldungen kaum aus dem Büro heraus.«

»Kommst du wenigstens mit der Liste weiter?«

»Mir fehlen immer noch ein paar Personen. Aber was ich erfahre, ist ein undurchsichtiges Grau in Grau«, sagte Rubin mit tiefen Furchen in der Stirn.

»Hast du Nachricht von der Spurensicherung?«

Rubin winkte ab. »Sei mir bloß still mit denen!«

Er hatte am Nachmittag noch nicht einmal den Praktikanten ans Telefon bekommen, sondern den Vertreter des Praktikanten, einen Schüler aus der elften Klasse.

Rubin nahm einen Schluck Bier und fragte: »Hast du denn den großen Unbekannten schon gesehen, Bernstein?«

»Oh, zu meinem großen Bedauern noch nicht. Zwar begegne ich täglich Fremdartigem en masse – bisweilen gar im Spiegelbild –, doch der Unhold mit der Schattenexistenz hat bislang noch nicht meine Wege gekreuzt.«

»Was nicht ist, kann ja noch werden. Jetzt, da du beschlossen hast, nicht mehr zu schreiben, hast du ja Zeit, dich an seine Fersen zu heften.«

»Du hast recht, vielleicht sollte ich meine neu gewonnenen Mußestunden dazu verwenden, mich einer offiziellen Suchgruppe anzuschließen.«

»Aber nur, wenn du anschließend mit zum Astkuchenessen kommst.«

»Meiner Treu, dann lieber einsam und unwissend sterben, ohne dem Ungeheuer ins teuflische Antlitz gestarrt zu haben.«

»Du kannst wahlweise andere Teufel anstarren gehen«, scherzte Rubin und kraulte Freitag das Fell, der jetzt genug vom italienischen Fressen hatte.

Bernstein wurde nachdenklich. »Was gedenkst du nun wegen des Fremden zu unternehmen, Rubin?«

»Ich denke, nichts«, antwortete der Hauptkommissar. »Was soll ich tun? Gegen wen soll ich ermitteln?«

»Ermittlung gegen unbekannt.«

»Der Mann hat sich nichts zuschulden kommen lassen. Wenn es sich überhaupt um einen Mann handelt.«

»Oder um einen Geist«, warf Bernstein lebhaft ein.

»Oder um gar nichts. Vielleicht sind es nur die Nerven, die blank liegen. Trotzdem …« Er unterbrach sich, als hinderte ihn etwas daran, seinen Gedanken laut auszusprechen.

»Trotzdem …?«, wiederholte Bernstein neugierig, denn er sah, dass sich sein Freund in einem innerlichen Aufruhr befand.

»Ich habe böse Vorahnungen, Bernstein.«

»Welcher Art?«

»Schwer zu sagen. Der Fall des Wirtes, bei dem es nur vage Vermutungen und Zeugen gibt, die nichts wissen. Der Wahn der Prophezeiung. Ich kann es nicht auf den Punkt bringen. Das Schlimmste ist, dass ich allmählich selbst nicht mehr weiß, was real ist.«

»Glaubst du etwa an den Zauber?«

»Ich glaube, dass mittlerweile in Bad Löwenau alles möglich ist«, antwortete Rubin nach einer Weile des Nachdenkens.

Bernstein ließ den Blick durch das Lokal schweifen, das an diesem Abend wieder einmal voll besetzt war. Die Stimmung war gedämpft, nicht gerade trübsinnig, doch ernster und ruhiger als noch wenige Tage zuvor.

Bernstein winkte Ricardo zu sich. »Wir nehmen noch Bier und Bardolino. Geht auf meine Rechnung.«

»Si, amici«, freute sich Ricardo. »Wolle schene Nachspeise? Habe ich heute ganze frische Tiramisu nach alte Rezepte von Mamma.«

Bernstein nickte, Rubin zögerte, dann schloss auch er sich an.

»Apropos Mama«, ergriff Bernstein das Wort. »Ist Sophia eigentlich wieder zurück aus Mailand?«

Ricardo verzog das Gesicht und rückte ganz nah an die beiden heran. »Musse habe Vorsicht«, flüsterte er. »Meine Mamma isse noch in Milano. Habe ich gesagte ihr, bleibe noch bei Onkel, bis is Luft wieder reine. In Milano Mamma is sicher, in Bade Löwenaue …«, er stocherte mit spitzen Fingern in der Luft herum, »nit mehr ganz so sicher!«

33

Eine ähnlich ernste und besorgte Stimmung wie bei Ricardo herrschte an diesem Abend auch im voll besetzten Pub der Stadt, in »Pits Pinte«.

Das machte die Situation für den Sänger nicht einfacher. Dabei hatte er für diesen Abend etwas Besonderes vorbereitet. Er hatte ein Lied geschrieben, das er heute zum ersten Mal singen wollte. Ein Lied über den Fremden.

Nun betrat der Sänger die kleine Bühne und schnallte seine weinrote akustische Gitarre um. Gespannte Erwartung ließ die Gespräche im Publikum augenblicklich verstummen, nicht einmal das obligatorische Husten war zu vernehmen.

Die ersten Akkorde durchdrangen im Walzertakt die Stille.

Der Sänger intonierte leise, als flüsterte er die Worte jedem Hörer einzeln ins Ohr:

»Some say they saw him coming from the east
Others didn't see him at all
Wearing the cloak of a gambler or priest
Never giving answer to a call.
Where does he come from?
Where does he go?
Who knows his aim or design?
While the rain is too strong

And the rough breezes blow
There ain't no place to feel fine
With a strange man coming
Strange man coming.«

34

Am folgenden Morgen ebbten die Anrufe in der Polizeiinspektion überraschend ab. Jana Cerni war die Erleichterung ins Gesicht geschrieben. Rubin nutzte die Gelegenheit und machte sich an die verbliebenen Namen auf seiner Liste. Die Gedanken schwirrten in seinem Kopf. Wer war der letzte Mensch, mit dem der Wirt gestritten hatte? Wen hatte er erpresst? Ja, hatte er überhaupt jemanden erpresst?

Rubin stieß auf den Namen Peter Röder, den Stadtrat und ehemaligen Schulkameraden von ihm und Bernstein. Er war auch beim Stadtgipfel in der »Waldesruh« anwesend gewesen. Rubin rief sich die sportlich jugendliche und meist künstlich lächelnde Frohnatur Röders vor sein inneres Auge. Röder war immer schon lockerer Kumpeltyp und adretter Draufgänger gewesen, dabei strebsam und opportunistisch. Ja, er war …

Rubin schlug mit der flachen Hand auf die Tischplatte, dass Freitag den Kopf in die Höhe reckte. Nein, dass ich darauf nicht früher gekommen bin!, dachte Rubin.

Peter Röder war ein Schnösel, wie er im Buche stand. Außerdem war er sportlich und mittelgroß, genau so wie die Küchenhilfe den unbekannten Mann beschrieben hatte, der zuletzt mit dem Wirt gesehen worden war.

Als Rubin Peter Röder weder unter seiner Durchwahl noch auf dem Handy erreichen konnte, entschied er sich für den kurzen Dienstweg. Er begab sich über den Marktplatz ins Rathaus. An der Pforte erkundigte er sich, wo der Stadtrat im Moment sei.

Im Büro der Bürgermeisterin für eine wichtige Besprechung, hieß es.

Rubin begab sich in den obersten Stock und klopfte an die Vorzimmertür. Judith Silberpfennig bat ihn herein.

»Ich muss Peter sprechen.«

»Wie – jetzt?«

»Ja. Bitte ruf ihn raus. Sonst muss ich es tun.«

Judith spürte den Ernst der Lage und verzichtete auf Widerspruch.

»Ich warte draußen auf dem Flur«, sagte Rubin.

Keine zwei Minuten später erschien Peter Röder, sichtlich nervös.

»Wir müssen über die ›Waldesruh‹ sprechen«, sagte Rubin.

»Gut, Christoph. Aber nicht hier. Lass uns in mein Büro gehen.«

Ohne Förmlichkeiten kam Rubin dort auf den Stadtgipfel zu sprechen. »Warst du die ganze Zeit anwesend?«

»Ja, natürlich, klar. Warum fragst du?«

»Bist du nicht mal kurz draußen gewesen?«

»Wie meinst du, draußen? Ich verstehe nicht.«

»Hast du das Jagdzimmer verlassen?«

»Nein, ich sage doch …« Er dachte nach. »Ja, natürlich. Ich war mal auf der Toilette. Aber ich denke, das zählt nicht.«

»Wo warst du auf Toilette?«

Peter Röder riss die Augen auf. »Willst du mich auf den Arm nehmen, Christoph?«

Rubin wiederholte seine Frage.

»Okay, okay. Wenn du es genau wissen willst, ich war, wie man das als Mann so macht, auf der Herrentoilette. Ich habe den Reißverschluss meiner Hose –«

»Lief Musik auf der Toilette?«

»He? Ja, nein, ich weiß nicht. Doch, ich glaube schon. Es dudelte irgendwas im Hintergrund.«

»Ist dir etwas Besonderes auf der Herrentoilette aufgefallen?«

»Etwas Besonderes auf dem Klo? Mensch, Christoph, was soll das Ganze hier? Ich müsste eigentlich in der Besprechung –«

»Ist dir etwas aufgefallen oder nicht?«

Peter Röder zischte: »Nein, mir ist auf dem Scheißhaus nichts Besonderes aufgefallen! Jetzt zufrieden?«

Rubin sah ihn scharf an und sagte in größter Ruhe: »Das überrascht mich, denn die Herrentoilette war an diesem Tag geschlossen. Alle mussten zu den Damen aufs Klo.«

Peter Röder stand da wie erstarrt. »Verdammte Scheiße«, murmelte er.

»Also frage ich mich, wo du tatsächlich warst.«

Peter Röder zog ein säuerliches Gesicht.

»Darf ich deiner Erinnerung auf die Sprünge helfen? Du warst im Garten. Du hattest einen Streit mit dem Wirt.«

»Was? Das stimmt nicht!«

»Vergiss es, Peter, es gibt eine Zeugin. Sie hat dich gesehen.«

»Mann, Scheiße! Gut, okay, alles klar, ich gebe es zu. Wir haben uns gestritten. Aber mit Wilfrieds Tod habe ich nichts zu tun. Als ich von ihm wegging, war er so lebendig wie du und ich hier!«

»Worum ging es in dem Streit?«

»Pah!«, stieß Peter Röder aus. »Weißt du eigentlich, dass Wilfried ein richtiges Arschloch war? Entschuldige, dass ich das so deutlich sage, man soll ja über Tote nicht übel reden, aber mir fällt kein besserer Ausdruck ein.«

»Inwiefern?«

»Also, pass auf. Ich erzähl dir alles. Du weißt, dass es in der ›Waldesruh‹ ein Fremdenzimmer gibt.«

Rubin nickte.

»Also, Mensch, wie soll ich sagen …? Na, da habe ich mich getroffen. Regelmäßig. Du verstehst, was ich meine.«

»Du meinst, nicht mit deiner Frau.«

»Ja, ich gebe es zu, verdammt, du würdest bei deiner Spürnase ja sowieso dahinterkommen. Also, ich habe eine Affäre seit etwa einem halben Jahr. Die Frau ist stadtbekannt. Ich bin stadtbekannt. Wir brauchen einen sicheren Ort.«

»Warum seid ihr nicht in eine andere Stadt gefahren?«, wollte Rubin wissen.

»Viel zu aufwendig und zu gefährlich. Die ›Waldesruh‹ war besser. Und es war wirklich gut, bis Wilfried übergeschnappt ist.«

»Was ist geschehen?«

»Er hat gedroht, unsere Affäre bekannt zu machen. Er war ziemlich klamm, er brauchte jeden Cent. Und da er nicht zimperlich war, hat er begonnen uns zu erpressen.«

»Wie viel hat er verlangt?«

»Er hat kein Geld verlangt, sondern nur – gewisse Gefälligkeiten.«

»Welche?«

»Na ja, eben den Stadtgipfel, den wollte er bei sich ausrichten. Und die große Weihnachtsfeier natürlich.«

Jetzt begriff Rubin die letzten Notizen auf dem Zettel: »Schnösel – Weihnachtsfeier«.

»Und du hast ihm das vermittelt, und als Gegenleistung hat er geschwiegen.«

Peter Röder wagte nicht, Rubin ins Gesicht zu blicken. »Ja«, sagte er.

Rubin vermutete, dass Röder nicht der einzige Gast war, der vom Wirt erpresst worden war.

»Bitte, Christoph, ich habe dir alles gesagt. Das war der Streit. Aber ich schwöre dir, Wilfried war noch am Leben, als ich weggegangen bin!«

»Wie ist der Name deiner Geliebten?«, wollte Rubin wissen.

Röder schüttelte den Kopf. »Wir werden unsere Beziehung aufgeben, das steht fest. Es war sowieso zu –«

»Ihren Namen bitte. Ich kann verstehen, dass du sie schützen willst, aber ich muss ihn wissen.«

Röder holte tief Luft und sagte: »Sabine Burgmeier.«

»Die Frau des Mutterfabrikanten?«

»Ja«, flüsterte Röder.

Da klingelte Rubins Handy. Jana Cerni war am Apparat. »Chef, wir haben eine weitere Leiche.«

»Wo?«, fragte Rubin.

»Ganz in der Nähe der ›Waldesruh‹«, antwortete die Polizistin.

Während Rubin aus dem Raum eilte, hörte er hinter sich Peter Röder ständig wiederholen: »Aber ich war's nicht, ich war's nicht …«

35

Eine Spaziergängerin, die mit ihrem Hund draußen Gassi gewesen war, hatte am Waldesrand im Unterholz die Leiche entdeckt, unweit des Ausflugsrestaurants »Waldesruh«.

Rubin ließ sich von Jana Cerni mit Freitag zum Fundort fahren, denn der Hauptkommissar setzte sich nur ungern selbst hinters Steuer. Bernstein hatte er zuvor per SMS informiert. Er wollte nicht auf dessen ungewöhnliche Beobachtungsgabe verzichten, auch wenn er damit die Vorschriften verletzte.

Die Fahrt im Streifenwagen ohne Blaulichteinsatz, doch in zügigem Tempo – Jana Cerni war eine sportliche und resolute Fahrerin – führte auf der Hauptstraße aus Bad Löwenau heraus und dann über schmale, schlechte und von Landarbeiten verschmutzte Straßen, entlang leerer Felder, Wiesen und Wälder. Es herrschte unangenehmes Nieselwetter.

Die Frau, die den Leichenfund gemeldet hatte, erwartete die Polizisten an der vereinbarten Stelle am Waldrand. Sie war weit über siebzig und konnte vor Aufregung nicht stillstehen. Ihr Hund, ein Rauhaardackel, schloss nach den ersten Schaukämpfen Freundschaft mit Freitag.

»Ich gehe jeden Tag dieselbe Strecke, und da schlägt mein Paulchen plötzlich an, und da liegt er – der Tote!«, sagte die Frau und wies in Richtung Unterholz.

»Gehen Sie tatsächlich jeden Tag von Bad Löwenau bis hier heraus?«, fragte Rubin verwundert.

»Bei Wind und Wetter, Herr Hauptkommissar. Neunzig Minuten hin, neunzig Minuten her. Manchmal lege ich in der ›Waldesruh‹ eine kleine Rast ein.«

»Meine Anerkennung«, sagte Rubin und wandte den Blick zum Ausflugslokal, das keine fünfhundert Meter entfernt war und in dem bereits alle Fenster erleuchtet waren.

Er verabschiedete die Frau, die ihre Aussagen noch einmal Jana Cerni zu Protokoll geben sollte, und drehte sich zum Wald, einem Tannen- und Fichtenwald. Die Leiche, die auf dem Bauch lag, befand sich nicht im Unterholz, sondern dort, wo das Unterholz begann, gleich am Wegesrand. Sie war nicht schwer zu entdecken, zumal sie mit einer senfgelben Wetterjacke bekleidet war, eine Kapuze über den Kopf gezogen.

Gerade schlüpfte Rubin in seine Untersuchungshandschuhe, da vernahm er einen langen röhrigen, dumpfen Ton hinter sich. Bernstein raste in seinem Jaguar über den schmalen geteerten Feldweg und parkte knapp hinter dem Polizeiwagen, obwohl weit und breit ausreichend Platz war.

Er begrüßte Rubin mit festem Händedruck, Jana Cerni mit sanften Wangenküssen. Die blonde Polizistin lächelte scheu.

»Bei allen Henkern und Helfershenkern!«, sagte Bernstein. »So sieht also das Unheil aus, von dem die Prophezeiung spricht. Oder ist es erst des groben Unheils schriller Anfang?«

Bernstein steuerte auf den Wald zu, aber nicht auf die Leiche. Er huschte ins Unterholz und stakste über umgekippte Baumstämme und verkümmerte Sträucher.

Rubin wunderte sich. »Die Leiche liegt hier draußen, Bernstein.«

»Das sehe ich auch«, murmelte dieser, während er mit

zusammengekniffenen Augen den Waldboden absuchte. »Ich will nur sichergehen, dass kein aus dem Zelt des Himmels gefallener Vogel ein Zeichen gibt, das wir übersehen könnten.«

Er trat wieder aus dem Dickicht. »Kein Spatz, keine Meise, kein Kolibri. Wir können mit der Untersuchung beginnen«, sagte Bernstein mit Blick auf die Gummihandschuhe an Rubins Händen.

Sie standen nun direkt vor der Leiche, Jana Cerni zwei Schritte entfernt.

»Wir müssen sie auf den Rücken drehen«, sagte Bernstein.

»Das wird die Spurensicherung nicht freuen.«

»Wir können unser Leben nicht so gestalten, dass es der Spurensicherung eine Freude macht. Bitte fass mit an.«

»Du trägst keine Handschuhe, Bernstein!«, bemerkte Rubin.

Bernstein zog zurück. »Gut, selbst dran schuld, dann musst du die Arbeit eben allein machen.«

Rubin nickte. So weit mussten die Vorschriften eingehalten werden. Er hielt sich in den entscheidenden Punkten streng daran, deshalb hatte er Jana Cerni eben auch den Auftrag gegeben, die Spurensicherung zu informieren. Sie würde aus der Großen Stadt, die vierzig Kilometer entfernt von Bad Löwenau war, in spätestens einer Dreiviertelstunde vor Ort sein.

Rubin kniete sich neben die Leiche und drehte sie umständlich auf den Rücken. Unter der Kapuze kam das Gesicht zum Vorschein – es war eine Frau! Vielleicht Anfang oder Mitte vierzig. Sie war zweifelsfrei tot, wenn auch allem Anschein nach der Zeitpunkt ihres Todes noch nicht lange zurückliegen konnte, denn es hatte noch keine Starre eingesetzt. Also konnte sie schätzungsweise zwei, höchstens drei

Stunden nicht mehr unter den Lebenden sein. Die Schminke verlief unter ihren Augen, die fest geschlossen waren. Sie trug edle Designerjeans und flache helle Lederschuhe, die für einen Waldspaziergang bei Nieselregen nicht die erste Wahl waren. Ihre Wetterjacke war hoch geschlossen, bis hinauf zum Hals.

»Sie ist verpackt wie ein Überraschungspaket. Ich fürchte, wir müssen die Rose entblättern«, bemerkte Bernstein.

Rubin hielt ihn zurück. »Auf keinen Fall! Die Männer von der Spurensicherung reißen mir den Kopf ab. Die lachen sowieso schon über uns.«

»Dann soll ihnen das Lachen im Hals stecken bleiben«, erwiderte Bernstein trocken und beugte sich zu der Toten herab.

»Komm, lass mich das machen«, entschied Rubin.

Er zog den Reißverschluss bis zum Nabel herunter und löste die Kapuze vom Kopf. Die Tote war mit einer fliederfarbenen Bluse und einem eleganten Blazer darüber bekleidet. Aus der Innentasche lugte eine Lederbrieftasche hervor, die nicht nur sehr viel Geld, Kreditkarten und Tankquittungen enthielt, sondern auch Führerschein und Personalausweis der Toten.

»Bei allem, was recht und billig ist«, murmelte Bernstein. »Ich glaube, die Brieftasche hat jemand in die Innentasche gesteckt, damit wir sie gleich finden.«

»Wieso das?«

Bernstein richtete sich auf. »Die Dame hier zeigt eine zweifelhafte Mischung aus Eleganz und wetterfester Sportlichkeit. Doch lassen wir die Jacke einen Moment beiseite und stellen uns vor, wie die Dame im Blazer die Attraktion ihrer Anwesenheit zur Schau stellt. Der Blazer ist eng geschnitten, so wie es sich gehört und der Männerwelt gefällt.«

Bernstein winkte Jana Cerni zu sich. »Sie tragen einen Blazer, Jana. Wo würden Sie Ihre Brieftasche unterbringen, sofern Sie im Moment keine Handtasche zur Hand hätten? In der Innentasche?«

Jana Cerni war verunsichert, blickte von Bernstein zu ihrem Chef und wieder zu Bernstein.

»Ich weiß nicht. Vermutlich in der Hosentasche«, antwortete sie zaghaft.

»Da haben wir es«, rief Bernstein und klatschte in die Hände. »Ein einseitig auf Brusthöhe ausgebeulter Damenblazer ist ein ebenso modisches No-go wie eine zweideutig auf Lendenhöhe ausgebeulte Herrenhose. Ergo: Die Brieftasche wurde ihr zugesteckt.«

»Damit wir zweifelsfrei die Identität der Toten feststellen können«, schloss Rubin.

»Und außerdem bin ich davon überzeugt, dass ihr post mortem die Wetterjacke angezogen wurde.«

»Gut möglich, die Jacke passt überhaupt nicht zu ihrer restlichen Kleidung.«

»Außerdem, schätze ich, ist sie nicht hier an Ort und Stelle gestorben.« Bernstein senkte den Blick zur Erde, auf das Laub und den Matsch neben der Leiche. »Hier sind Spuren und Schleifspuren. Und da – das Profil von Autoreifen, auch Stiefelspuren.«

»Ein Gutes hat der Regen also doch gehabt«, sagte Rubin.

»Komisch ist nur, warum der Täter sein Opfer nach der Tat hierhergebracht hat. Wenn wir die Leiche schnell finden sollen, warum platziert er sie nicht in der Innenstadt?«

»Zu gefährlich, Bernstein. Außerdem, glaube ich, will uns jemand mit der Nase auf die Zeichen der Prophezeiung stoßen«, erklärte Rubin, deutete auf die »Waldesruh« und fügte hinzu: »Hier hat alles angefangen, hier soll es enden.«

»Oder so soll es weitergehen.«

Rubin hatte unterdessen die Personalien überprüft. Der Name der Toten lautete: Sabine Burgmeier.

Rubin brachte Bernstein auf seinen Wissensstand und berichtete von seinem Treffen mit dem Stadtrat.

»Auch eine Art, mit der Geliebten Schluss zu machen«, sagte Bernstein. »Ein wenig drastisch vielleicht, aber wirkungsvoll.«

Sie wendeten sich wieder der Leiche zu.

»Wir müssen mehr erfahren. Sieh dir das an, Rubin!«

Bernstein deutete auf eine Wunde in Höhe des linken Ohres. Das Haar war an der Stelle blutverschmiert wie auch die Kapuze auf der Innenseite.

»Das ist unmöglich die Todesursache«, entkräftete Rubin.

Allerdings entdeckten sie kein weiteres Blut an der Leiche, keine Einschüsse, keine Stiche.

»Ist sie vielleicht erdrosselt worden?«, fragte Bernstein.

Rubin entdeckte blasse Würgemale am Hals.

»Gut möglich«, mutmaßte er. »Aber nicht mit einem Strick, das würde andere Verletzungen hervorrufen. Eher mit einem Tuch.«

Er schaute auf die Uhr. Die Spurensicherung würde bald eintreffen, sie mussten sich sputen.

Bernstein beugte sich nah über den Hals der Toten. Er schnupperte. »Hm, bei allen Wohlgerüchen Bad Löwenaus, ich kenne den Duft, aber ich komme nicht dahinter, woher«, sagte er und legte die Stirn in Falten. »Rubin, nimm du ein Näschen, du bist die Spürnase von uns beiden.«

Rubin führte seine Nase dicht an die Haut der Toten. Er inhalierte ein buntes Gemisch von Duftnoten. Schwierig, ein einzelnes Aroma zu extrahieren, er sah noch nichts. Denn für gewöhnlich war es für Rubin so, dass sich die Düfte in

Farben verwandelten. Die Farben vor seinem inneren Auge waren manchmal auch in Landschaften eingebettet. Daran erkannte er die Düfte wieder. Rose war weiß, Patschuli verströmte einen harzigen dunklen Ton. Moschus war orange. Doch bei der Leiche vor ihm stach noch keine einzelne Farbe hervor. Er schnupperte wieder und wieder, während Jana Cerni die Szene ungläubig verfolgte. Von dort, wo sie stand, hatte es den Anschein, der Hauptkommissar ergehe sich in leidenschaftlichen Küssen mit der Toten.

Nach weiteren Prüfungen jedoch war sich Rubin sicher: Es war derselbe Duft, den er auch an der Leiche des Wirtes und dem Ast wahrgenommen hatte. Eine Essenz stach herb und erdig, leicht abgestanden aus dem Gemisch hervor, und er sah vor seinem inneren Auge immer deutlicher die Farbe, sah sie strahlend in einem weiten Feld in der französischen Provence.

»Lavendel!«, sagte Rubin.

»Lavendel!«, wiederholte Bernstein und schlug mit der flachen Hand gegen seine Stirn. Augenblicklich blitzte eine Idee auf. Er legte den Arm um die Schulter seines Freundes und ließ ihn wortreich an einer kühnen, an manchen Stellen noch holprigen, doch insgesamt plausiblen logischen Kette teilhaben.

Dann räumte er eilig den Fundort und schoss in seinem donnernden Jaguar davon, gerade rechtzeitig, um unter der eintreffenden Spurensicherung keine nervtötenden Fragen aufzuwerfen.

36

Rubins Ermittlungsplan sah mehrere Stationen vor. Zunächst musste er Familie Burgmeier die Todesnachricht überbringen, ein unangenehmer, aber obligatorischer Standard. Rubin griff für solche Gelegenheiten gern auf Jana Cerni zurück – nicht, um sie die Arbeit machen zu lassen, sondern bloß, um sie dabeizuhaben. Die blonde Polizistin strahlte eine natürliche Wärme und Mitempfinden aus, auch wenn sie gar nichts sagte. Sie war einfach ein guter Geist. Anschließend wollte Rubin die Nachbarn befragen, vielleicht auch Freunde und Verwandte.

Er läutete gegen elf Uhr an der Tür des Anwesens von Familie Burgmeier. Freitag machte Anstalten, im riesigen Garten ein Abenteuer zu suchen, doch Rubin konnte ihn mit einem Leckerli davon überzeugen, von seinem Vorhaben abzusehen.

Die Tochter der Familie, die noch im Hause wohnte, öffnete. Sie war allein, der Vater im Betrieb. Rubin sagte, was zu sagen war.

Jetzt kauerte die Tochter, Mara, Mitte zwanzig, zitternd auf dem Sofa und konnte noch nicht einmal Tränen vergießen.

Rubin wollte die unumgängliche Befragung so knapp wie möglich halten.

»Wann haben Sie Ihre Mutter zum letzten Mal gesehen?«

»Heute Morgen beim Frühstück.«

»Wann war das?«

»Um halb sieben.«

»Was hatte Ihre Mutter vor?«

»Sie ist in den Betrieb gefahren. Meine Tante Martina hat sie mit ihrem Wagen abgeholt. Wie jeden Morgen. Ich fange etwas später an.«

»Arbeiten Sie auch im Betrieb?«

»Ja, ich mache Grafiken für unsere Werbung.«

»Warum sind Sie jetzt zu Hause?«

»Ich musste Unterlagen holen.«

Rubin ließ seinen Blick über die großzügige Wohnung wandern. Sie führten das Gespräch in einem modernen offenen Wohn- und Essbereich.

»Hat sich Ihre Mutter heute Morgen außergewöhnlich verhalten? War sie vielleicht nervös?«

Die junge Frau schüttelte den Kopf und sagte nichts. Ihre Augen waren ohne Ausdruck. Rubin begriff und wollte sie nicht länger quälen.

»Ich habe eine letzte Bitte. Könnte ich das Badezimmer Ihrer Mutter sehen?«

Die junge Frau nickte und erhob sich. »Ich zeige es Ihnen.«

»Benutzen Sie das Badezimmer mit, oder haben Sie ein eigenes?«

»Meines ist im ersten Stock. Neben meinen Zimmern.«

Jana Cerni blieb bei Freitag.

Mara Burgmeier führte Rubin eine Treppe hinunter. Gleich links vom Treppenende öffnete sie die Tür zu einem großen, hellen, vollständig gekachelten Badezimmer mit durchlaufender rosa Bordüre auf Kopfhöhe. Es gab eine Badewanne, eine Duschkabine und einen breiten Schminktisch mit ovalem Spiegel.

»Ich möchte gern die Parfums Ihrer Mutter sehen, wenn das möglich ist«, sagte Rubin.

Die junge Frau Burgmeier blickte überrascht. »Hier bitte.« Sie wies auf eine Vitrine neben dem Fenster mit Milchglasscheiben.

Rubin sah eine stattliche Zahl von Parfumflakons, alle Namen großer Modeschöpfer waren vertreten. Neben den Klassikern gab es auch Marken, von denen Rubin noch nie gehört hatte. Er öffnete die Tür der Vitrine und griff nach dem ersten Parfum, sprühte einen Stoß in die Luft und schnupperte. So verfuhr er, bis alle Düfte getestet waren. Rubins feine Nase witterte Spuren von Vanille und Zedernholz, von Mango, Ananas und Weihrauch, Patschuli, Amber und Rosenöl. Alles war mehr oder weniger deutlich. Nur die eine Essenz war nirgends zu entdecken – der herbe, leicht muffige Duft von Lavendel.

37

Bernstein hatte eine gute Bekannte, die er zwar seit Jahren nicht mehr gesehen hatte, doch von der er wusste, dass sie im Burgmeier-Betrieb arbeitete. Er hatte sich mit ihr vor dem geschlossenen Hallentor verabredet.

Tina Haller war eine ehemalige Schauspielerin, die nie den Sprung auf eine große Bühne geschafft hatte. Sie war ungewöhnlich groß, robust gebaut und verströmte den Charme einer zupackenden Bäuerin aus dem 19. Jahrhundert. Da für diese Statur Theaterrollen rar sind, hatte sie vor Jahren ins Industriefach gewechselt und war nun eine Art Mädchen für alles.

»Was, die Chefin ist tot?«, rief Tina entsetzt.

»So tot wie eben möglich. Ich kann es bezeugen.«

»Unfassbar! Das ist ein Schlag, mir bleibt die Luft weg.« Tina führte die Hand zur Brust.

»War sie beliebt im Betrieb?«

Tina zögerte nicht eine Sekunde mit der Antwort. »Ja, ja, natürlich, jeder mochte sie, ihre unkomplizierte Art, ihre –« Sie verfiel wieder in alte Theatermanier.

Bernstein bremste sie und fragte: »Hast du sie heute schon gesehen?«

»Nein.«

»Wann zum letzten Mal?«

»Hm, gestern.«

Gerade fuhr ein Transporter vor. Das Hallentor öffnete sich und offenbarte die riesige Fertigungsanlage für Schrauben, Muttern und Bolzen. Ein ohrenbetäubender Lärm schlug Bernstein entgegen, unwillkürlich zog er, als ob das etwas nützen würde, den Kopf ein.

Tina war daran gewöhnt, sie lachte, hob ihre Stimme und fragte: »Kleine Besichtigung gefällig?«

Warum nicht? Bei seinem Interview mit Burgmeier vor Jahren hatte Bernstein keine Gelegenheit dazu gehabt.

Tina führte ihn durch die Fertigungshalle. Die Maschinen donnerten und grollten und hatten einen stahlblauen Anstrich. Sie verbreiteten einen Gestank nach Altöl und Metall. Nur wenige Arbeiter waren zu sehen, die wie verirrte Käfer in einem Stahlwald umherliefen.

»Schöne neue Welt«, schrie Bernstein in den Lärm.

»Ja, ja«, nickte Tina, ohne ein Wort verstanden zu haben.

Dann ging es in Aufenthaltsräume, die kalkweiß getüncht und menschenleer waren. Ein schaler Geruch nach abgestandenem Kaffee erfüllte die kühlen Räume ebenso wie etwas, das an stark eingedickte Erbsensuppe erinnerte.

»Sag mal, Tina, Meisterin der Einfühlung in das Herz der Heldin: Führte das Ehepaar Burgmeier eigentlich eine Musterehe?«

»Was wird das jetzt, Carl? Bist du unter die Boulevardjournalisten gegangen?«

»Die Umstände fordern Opfer von uns allen.«

Tina verzog spöttisch das Gesicht. »Jeder hier weiß, dass es in ihrer Ehe ganz schön gekriselt hat.«

»Weißt du Näheres?«

»Muss ich dir erklären, was eine Krise ist?«

»Ging die Krise mehr von ihm oder von ihr aus?«

»Von ihm, glaube ich. Aber wer kann das schon so genau sagen?«

»Hat er Affären?«

»Carl, du stellst Fragen!«

»Dafür bin ich da.«

Tina dachte nach. »Wenn du es genau wissen willst, ich glaube, er liebt seine Frau, aber er ist eben auch ein Mann. Er sucht das Abenteuer, er hat Bedürfnisse. So wie Männer eben sind.«

»Oh, diese niederträchtigen, nichtsnutzigen, verabscheuungswürdigen Geschöpfe!«, sagte Bernstein.

»Nach allem, was ich so höre, hat aber auch Sabine Burgmeier nicht jeden Abend allein vor dem Fernseher verbracht.«

»Ist sie stattdessen lieber in der ›Waldesruh‹ eingekehrt?«

»Nicht nur zum Essen, denke ich.«

»Nein, hat sie dort etwa in eitler Vergnügungssucht die Nähe eines nichtsnutzigen, verabscheuungswürdigen Geschöpfes männlichen Geschlechtes gesucht?«

Tina lachte auf und boxte Bernstein scherzhaft gegen den Arm. Dann führte sie die Besichtigung fort. Es ging durch Umkleideräume in den Außenbereich.

Bernstein hörte Tina leise zu sich selbst sagen: »Arme Frau, arme, arme Frau.«

Hinter der Halle war ein Waschplatz für Betriebsfahrzeuge. Ein junger Mann lehnte an der Wand und rauchte eine Zigarette. Als er Tina erblickte, warf er den Glimmstängel beiseite und griff nach einem Eimer mit Waschwasser.

»Das ist Kevin, unser Azubi«, sagte Tina.

Azubi Kevin nickte und schien in Gedanken irgendwo zu sein, nur nicht bei der Arbeit. Vor ihm, zur dringenden Wäsche bereit, stand ein riesiger schwarzer SUV, der bis hoch zu den Scheiben mit Dreckspritzern übersät war.

»Oh, im Rallyegeschäft mischt ihr auch mit«, sagte Bernstein.

»Das ist der Wagen von Martina Schloss.«

»Eure Testfahrerin?«

»Nein, nein, sie leitet die Rechnungsabteilung und ist –«

»… die Schwester der Toten.«

Tina riss die Augen auf. »Du kennst dich ja aus! Es ist übrigens die jüngere Schwester. Sie hat noch eine ältere.«

Azubi Kevin schickte sich gerade an, die Felgen mit einer Bürste vorzuwaschen, da rief Bernstein: »Stopp!«

Der Junge hielt inne und warf Tina einen irritierten Blick zu, während sich Bernstein an die Untersuchung des Geländewagens machte – die Reifen, die Stoßstange, die Türen.

»Erzähl mir, was du von Martina Schloss hältst«, sagte er, ohne die Augen von dem Wagen zu lösen.

»Sie hat keinen guten Ruf in der Firma, sie führt sich auf wie die Chefin. Ja, sie nutzt alles aus, lässt sich den Wagen waschen und so weiter. Genau wie heute.«

»Und Burgmeier? Wie steht er zu seiner Schwägerin?«

»Ich weiß, worauf du anspielst, Carl, aber dazu sage ich nichts. Das Eisen ist mir zu heiß.«

Bernstein blickte auf. »In den Dreckklumpen befinden sich braune Tannennadeln«, sagte er leise wie zu sich selbst.

»Und?«

»Ich muss einen Blick ins Innere werfen«, entschied Bernstein und riss die Beifahrertür auf.

»Halt, Carl, das geht zu weit!«, entgegnete Tina, doch Bernstein war nicht zu halten.

Er entdeckte auf der Fußmatte der Beifahrerseite keinen Schmutz, dafür umso mehr auf der Fahrerseite. Im Handschuhfach entdeckte er verschmutze Einweghandschuhe. Er ließ sie unauffällig in seiner Hosentasche verschwinden. Er suchte weiter, fand aber nichts Außergewöhnliches mehr.

Den Duft im Wageninneren konnte Bernstein dank Rubins Analyse auf Anhieb zuordnen.

»Ich muss mir noch den Kofferraum ansehen«, rief Bernstein, war mit einer schwungvollen Bewegung aus dem Wagen heraus und hatte die Hand schon am Kofferraumknopf, da hörte er hinter sich eine drohende Männerstimme.

»Herr Bernstein!«

Es war Burgmeier.

»Ich hoffe, Sie haben eine Erklärung für Ihr Verhalten!«

Burgmeier sah anders aus seit der letzten Begegnung, grundlegend verändert.

Kein Zweifel, die Nachricht vom Tod seiner Frau hatte ihn erreicht. Wirkte er erschüttert? Ja, sehr. Doch die Trauer schien ihn seltsam verwandelt zu haben. In seinen Augen funkelte Hass, um seinen Mund bildete sich ein brutaler Zug.

»Ich suche nach der Tiefe des Offensichtlichen, dem Quell des sichtbaren Geheimnisses«, antwortete Bernstein.

Burgmeier wertete seine Worte als geschmacklosen Scherz und meinte: »Ich bin nicht zu Spielchen aufgelegt! Meine Frau ist tot.«

»Ich weiß, und ich spiele auch nicht, selbst wenn es so aussieht.«

Burgmeier trat mit einem vorwurfsvollen Blick auf Tina Haller näher an Bernstein heran. »Was suchen Sie im Wagen von Martina?«

»Dasselbe, was die Polizei auch suchen wird. Ich komme nur den Auslöschungen der Spuren durch die Reinigung zuvor.«

»Was mischen Sie sich überhaupt in die Polizeiarbeit? Sie sind doch ein Schreiberling.«

»Ich habe ein angeborenes Helfersyndrom.«

Burgmeier setzte zu einer Entgegnung an, brach aber ab. Er schien einen bestimmten Gedanken zu verfolgen.

»Was wissen Sie über den Stand der Ermittlung?«, fragte er.

»Nicht viel. Was wissen Sie?«

»Eine Polizistin hat mich per Telefon über den Mord an meiner Frau informiert. Sie hielt sich bedeckt.«

»So ist sie, die gute Jana Cerni, bloß keinen falschen Fehler machen!«

Burgmeier atmete schwer. »Wahrscheinlich ermittelt die Polizei nach Schema F. Und heraus kommt rein gar nichts. Dabei ist die Sache doch sonnenklar.«

»Tatsächlich?«

Burgmeiers Stimme nahm einen schweren metallischen Klang an. »Es kann doch kein Zufall sein, dass meine Frau heute ermordet wird, nachdem dieser Fremde aufgetaucht ist! Seltsam, finden Sie nicht auch?«

Bernstein zuckte mit den Schultern.

»Und niemandem ist es in den Sinn gekommen, den Fremden zu überprüfen. Das ist grob fahrlässig!«

»Niemand weiß mit Bestimmtheit, ob er überhaupt existiert.«

»Ob er überhaupt existiert?«, schrie Burgmeier außer sich. »Wahrscheinlich wollen Sie jetzt auch noch behaupten, meine Frau wäre auch nicht wirklich tot, Sie, Sie … Sie kotzen mich an!« Er schlug mit der Faust auf den Kofferraumdeckel des schwarzen SUV. »Mag sein, dass Sie so naiv sind zu glauben, dass da kein Zusammenhang besteht, aber so blöd bin ich nicht. Ich kann mir eins und eins zusammenreimen. Und das kann ich Ihnen sagen: Ich überlasse nicht den Trotteln von der Polizei die Suche nach dem Mörder!«

Mit grober Drohgebärde stand Burgmeier vor Bernstein.

»Und was ist Ihr Masterplan?«, fragte Bernstein ungerührt.

»Ich finde ihn, und ich mache ihn kalt, den Mörder meiner Frau. Ich reiße ihm den Arsch auf und ziehe ihm bei lebendigem Leib die Haut vom Leib!«

»Das klingt nach einem durchdachten Plan. Wie wollen Sie den Fremden finden?«

»Ich habe Einfluss, und ich hab Freunde, die genauso denken wie ich.«

Bernstein verzog keine Miene, obwohl Burgmeier nun mit geballter Faust vor ihm stand.

»So, und jetzt Schluss mit der Quasselei! Raus aus meinem Betrieb!«

Burgmeiers Atem wehte in Bernsteins Nase, ein Gemisch aus Kaffee, Cognac, Zigaretten und etwas anderem – etwas Beißendem, für das es keinen Begriff gab.

38

Nicht viel später entstand eine Menschenansammlung auf dem Marktplatz. Zuerst waren es nur einige wenige, die stehen blieben, missmutig, scheinbar zufällig, und sich vor dem Löwenbrunnen mit Bekannten in Gespräche vertieften.

Gespräche, die um ein einziges Thema kreisten.

Rasch jedoch kamen mehr Menschen zusammen, drängten sich auf dem feuchten Kopfsteinpflaster, denn der letzte Regenschauer lag keine Viertelstunde zurück. Und je mehr unter dem matten Himmel beisammenstanden und diskutierten, lautstark und mit ernsten Mienen, desto mehr zufällig Vorübergehende und Touristen schlossen sich der finsteren Gruppe an, neugierig, ob es Neuigkeiten in Sachen Prophezeiung gebe, oder überhaupt, um zu erfahren, was gerade los war.

Schließlich sprang ein Mann entschlossen auf den Rand des Löwenbrunnens und ergriff das Wort: Burgmeier. Die Menge verstummte, jeder lauschte, anscheinend aufmerksam. Burgmeier wiederholte, was er Bernstein gegenüber bereits geäußert hatte, bloß benutzte er mildere Formulierungen.

»Meine Frau musste für die Schlamperei der Polizei mit dem Leben bezahlen. Das ist ein Skandal!«

Fäuste stießen in die Luft, Begeisterungsstürme brachen los. Die Zurufe drückten Teilnahme am tragischen Schicksalsschlag aus ebenso wie Entschlossenheit zur Reaktion.

Eine gewaltige Kraft war im Entstehen.

Burgmeier wusste, er war nicht allein, er konnte sich auf seine Freunde verlassen, jetzt, in der Stunde seiner Not.

Da war sein Kumpel aus dem Kegelverein, Bernd Schirner, Inhaber des Cafés am Marktplatz. Da waren viele Mitarbeiter aus seinem Betrieb, natürlich auch Burgmeiers Schwägerin, Martina Schloss, die Schwester der Ermordeten, die mit bleicher, nur dezent geschminkter Miene in einer wattierten Winterjacke und mit buntem Seidenschal dastand und schwieg.

Seltsam, auch Teile des Stadtrates waren jetzt auf dem Marktplatz. Peter Röder zum Beispiel, wenn auch ohne sein Dauergrinsen, das er für gewöhnlich zur Schau trug. War das Zufall oder reine Neugierde?

Der verrückte Ansgar durfte selbstverständlich auch nicht fehlen. Ganz in Schwarz gekleidet, mit blassem Gesicht und mächtig schwankend, verfolgte er stumm das Geschehen.

Die Ansammlung zog unaufhaltsam Aufmerksamkeit auf sich, weitere spontane Anschlüsse erfolgten im Sekundentakt.

Bürgermeisterin Franziska von Roth wurde während einer Sitzung von dem Lärm auf dem Marktplatz unterbrochen. Sie eilte ohne Mantel hinaus auf den Marktplatz und versuchte, nachdem sie sich einen Überblick verschafft hatte, zu vermitteln. »Bitte, meine Herren, bewahren Sie Ruhe! Tun Sie nichts Unüberlegtes, Herr Burgmeier. Ich kann Sie ja verstehen, sehr gut sogar!«

Dr. von Rehheim unterbrach sein Seminar und stürmte mit seinen Teilnehmern auf den Marktplatz, wo Melanie Seifert, die Hotelmanagerin, bereits sorgenvoll die Menschenansammlung beobachtete.

Von der Eingangstür ihrer Apotheke verfolgte Iris Adler

das seltsame Geschehen, Irmgard Rathenow vom Fenster ihrer Wohnung aus.

Die Polizei kam als Letztes dazu, und das, obgleich die Inspektion nur wenige Meter entfernt war. Polizeiobermeister Schwarze zeigte Präsenz und unternahm den Versuch, deeskalierend auf die Menschen einzuwirken. Die entsprechenden Maßnahmen dazu hatte er erst kürzlich in einer Weiterbildung aufgefrischt. Dennoch wusste er nicht recht, was er tun sollte, zumal er allein war. Rubin ermittelte mit Jana Cerni noch immer in der Nachbarschaft der Burgmeiers. Schwarze hatte seinen Chef telefonisch über den Tumult informiert.

»Schwarze, regeln Sie das, bis wir bei Ihnen sind«, hatte Rubin angeordnet und unmittelbar danach Bernstein per Telefon über den Stand der Dinge in Kenntnis gesetzt. »Auf dem Marktplatz ist die Hölle los. Du musst sofort kommen.«

»Bin schon unterwegs, alte Supernase«, war Bernsteins entschlossene Antwort gewesen.

39

Einstweilen mühte sich Schwarze, die Meute zu beruhigen. Er wollte schon mit der Dienstpistole drohen, doch das erschien ihm übertrieben und der Situation unangemessen. Er versuchte, Burgmeier zu beruhigen, doch der war nicht gekommen, um sich beruhigen zu lassen.

Von Roth setzte ihre Verhandlungstaktik fort. »Es bringt doch nichts, Sie machen sich nur unglücklich, und Ihre Frau –«

»Ich schnappe mir den Schuft«, brummte Burgmeier.

Zähe, gefährliche Sekunden vergingen.

Schließlich erschien Rubin mit Freitag. Schwarze führte seinen Chef zu Burgmeier, der sich inmitten von Schirner und anderen kräftigen Männern zum Aufbruch rüstete. Sie waren mit Dachlatten und Baseballschlägern bewaffnet.

Rubin versperrte Burgmeier den Weg, Schwarze hielt Freitag zurück.

»Was wollen Sie denn, Sie Dilettant, Sie Pfuscher? Wenn Sie nicht für Ordnung sorgen können, dann tu ich es!«, stieß Burgmeier aus.

Seine Kumpel waren ganz seiner Meinung.

»Und jetzt geh mir aus den Augen, Hauptkommissar!«

Wie hätte Rubin Burgmeier stoppen können? Mit welchem Mittel? Kraft seiner Autorität? Im Namen der Vernunft? Der Menschlichkeit?

Rubin zückte seine Dienstwaffe, entsicherte sie und richtete sie auf Burgmeiers Knie.

Burgmeier warf sich in die Brust, Schirner an seiner Seite umkrallte die Dachlatte in seinen Händen kräftiger.

Da erklang plötzlich ein scharfer Ruf aus der Menge: »Da, da ist er!«

Der Mann, der die Worte gebrüllt hatte, wies mit dem Arm auf eine Gasse neben Hassans Mini-Supermarkt.

Alle drehten sich um.

Dort stand er. Der Fremde.

Eine rote, weithin sichtbare Kapuze über dem Kopf, gehüllt in einen knöchellangen schwarzen Mantel.

Jetzt war die Meute nicht mehr zu halten.

Von Roth stampfte mit dem Fuß auf, Rubin stellte sich Burgmeier und Schirner entgegen. Ungeachtet der Waffe in Rubins Hand rempelte ihn Burgmeier brutal an, Rubin schwankte.

»Gebt's ihm!«, befahl Burgmeier außer sich.

Von irgendwoher aus dem Nichts folgte ein Schlag auf Rubins Arm. Dem folgten weitere auf Schulter und Hinterkopf. Rubin war umzingelt und ließ aus Vorsicht seine Waffe fallen, um niemanden aus Versehen zu verletzen.

Wo aber befand sich Schwarze? Wo war Freitag?

Immer brutaler gingen die Schläge auf Rubin nieder, der sich mit Geschrei, Tritten und Hieben zur Wehr setzte, bis die Haut an seinen Händen platzte.

Von überall her flogen Fäuste gegen seine Stirn, krallten sich Fingernägel in das Fleisch seiner Wangen. Lange würde er das nicht mehr aushalten. Ihm war übel, und er rang nach Atem.

Als Rubins Kräfte verbraucht waren und er nur noch schützend die blutigen Hände vor das angeschwollene Gesicht halten konnte, tauchte plötzlich ein bulliger Mann an seiner Seite auf, dessen Schläge nicht auf ihn zielten. Er räumte tüchtig unter den Blindwütigen auf und ging dabei keinesfalls zimperlich vor, schwang unerbittlich seine Fäuste und traf mit großer Zielsicherheit die Gegner an Stellen, die diese augenblicklich außer Gefecht setzten, gleichzeitig ihm kaum Schmerzen zufügten: Schläge auf Kehlköpfe, Nasenbeine und Ohren.

Der Retter war der Russe Igor, ein ehemaliger Soldat der Sowjetarmee, der seit Jahren in Bad Löwenau lebte. Wovon genau, das wusste nur er. Rubin hatte schon des Öfteren mit ihm zu tun gehabt und war nie schlau aus ihm geworden.

»Vorsicht, Kommissar! Gegner von links«, donnerte der Russe, stellte sich schützend vor Rubin und teilte gleichzeitig aus.

Rubins Hände wurden allmählich gefühllos, ein dunkler Schmerz lief über seinen Rücken.

»Bleiben Sie hinter mir, Kommissar!«, befahl Igor und nahm zwei Männer mit Baseballschlägern ins Visier, die es sich angesichts der beeindruckenden Statur Igors und der stöhnenden Verletzten ringsumher plötzlich anders überlegten. Sie warfen ihre Waffen weg.

Doch allen Bemühungen zum Trotz gelang es einem Mann, sich in Igors und Rubins Rücken zu schleichen. Weder der Hauptkommissar noch der Russe sahen ihn kommen. Ein einzelner unbarmherziger Schlag mit der Dachlatte streckte den Hauptkommissar nieder.

Plötzlich tauchte der Marktplatz vor Rubin in ein milchiges, verschwommenes Weiß, dann fiel dumpf ein tiefschwarzer Vorhang. Bei Rubin gingen alle Lichter aus.

40

Fünfmal. Es sah aus wie abgezählt und kalkuliert. Fünfmal stieß der Fremde die linke Faust in die Luft, dann kehrte er der Menge den Rücken und lief davon. Sein grauer Schatten verschwand in den Gassen hinter dem Marktplatz.

Eine Gruppe von Männern nahm, Burgmeier und Schirner an der Spitze, augenblicklich die Hetzjagd auf. Sie waren an die zwanzig. Die wilde, wirre, schwitzende Hatz ging durch schmale Straßen und enge Gassen, vorbei an verdutzten oder schimpfenden Bürgern, Kindern, die johlten, und Jugendlichen, die das Spektakel vor Coolness für die natürlichste Sache der Welt hielten. Autofahrer mussten in die Eisen gehen, Radfahrer stiegen ab und glotzten.

Manchmal hielt der Fremde an einer Straßenkreuzung an und sah sich um, als ob er auf seine Verfolger wartete – fast so, als wollte er sie demütigen. Überhaupt kamen ihm die Verfolger selten nahe, und wenn doch, dann schien es so, als ob der Fremde das so geplant hatte. Er legte ein übermenschliches Tempo an den Tag und hatte offenbar eine feste Route vorbereitet, auf der er sich nie weiter als hundert, höchstens zweihundert Meter Luftlinie vom Marktplatz entfernte.

Die Männer konnten dem Zickzackkurs durch die Stadt kaum folgen, Burgmeier und Schirner am wenigsten. Ihre Plätze an der Spitze wurden von jüngeren Lauftalenten eingenommen, ohne Ausnahme Mitarbeiter des Betriebs.

Sie rasten flink, aber nicht flink genug.

41

Unterdessen erwachte Rubin auf dem feuchten Kopfsteinpflaster aus der Bewusstlosigkeit. Sein Kopf ruhte auf einem zusammengefalteten, blutdurchtränkten Wollmantel, seine Schultern waren auf eine weiche wattierte Winterjacke gebettet. Das Erste, was er sah, war Igors kantiges Gesicht mit stoppelkurzen Haaren.

»Willkommen zurück, Kommissar«, brummte Igor.

»Habe ich, habe ich das Bewusstsein …?«

»So ist«, antwortete der Russe und klopfte Rubin leicht auf die Schulter, der daraufhin das Gesicht verzog.

Rubins Kopf brummte, seine Wunden bluteten noch immer, und sein Gesicht war bizarr angeschwollen. Nur unter Schmerzen konnte er sich bewegen.

»Nicht aufstehen«, warnte Dr. von Rehheim. »Ich habe jemanden nach meinem Arztkoffer geschickt, ich werde gleich Ihre Verletzungen versorgen.«

Freitag jaulte und wollte schon Rubins Wunden lecken, konnte von Jana Cerni aber noch zurückgehalten werden.

»Wie geht es Ihnen?«, erkundigte sich Bürgermeisterin von Roth, die noch immer ohne Mantel in der feuchten Luft dastand. Sie hatte ihn sich zwischenzeitlich bringen lassen, doch dann entschieden, dass Rubin ihn dringender brauchte, und ihn unter seinen Kopf gebettet.

»Ging schon mal besser«, antwortete Rubin.

Neben ihm lag ein anderer Mann am Boden, stöhnte und hielt die Hand fest gegen die blutende Nase gedrückt.

Es war der Mann, der den Schlag gesetzt hatte, ein Meister aus dem Betrieb Burgmeiers.

Igor grinste und wog die zerbrochene Dachlatte in der Hand, mit der Rubin attackiert worden war. »Alle Achtung, Kommissar, Latte kaputt, Kopf ganz. Kompliment.«

»Fast ganz«, berichtigte Rubin und rieb sich den Schädel.

Während der Hauptkommissar auf dem Boden mit Hilfe von Dr. von Rehheim eine bequemere Lage einnahm, erhob sich plötzlich ein lautes Stimmengemurmel über ihm, das rasch zu einer Welle der Erregung anschwoll.

»Da ist er wieder!«, erklangen begeisterte und erregte Rufe, auf die vereinzelt Salven von Applaus und Aufmunterungsrufe folgten, beinahe wie beim Einlauf eines Marathonläufers ins Stadion.

Auf Igor gestützt, quälte sich Rubin auf die Beine und sah, wie der Fremde mit gut fünfzehn Metern Vorsprung vor seinen Verfolgern direkt auf die Menschenmenge am Löwenbrunnen zulief. Noch immer war sein Gesicht verhüllt, doch sein Mantel war an der Seite dreckbeschmutzt und durchweicht. Er musste während der Verfolgung gestürzt sein.

Der Fremde bahnte sich mit verringerter Geschwindigkeit den Weg durch die Menge. Jeder ließ ihn ehrfürchtig passieren und öffnete einen Durchgang, der kurz darauf von den Nachfolgenden genutzt wurde.

Das Keuchen des Vermummten klang dumpf und hohl unter der roten Kapuze.

Jetzt lief er nicht mehr, er schritt voran und blieb, gerade als die Verfolgermeute ihn eingeholt hatte, vor Rubin stehen. Der Anführer, ein schwitzender Bursche Ende zwanzig, setzte zu einem Angriff an, doch beim Anblick des blutüberströmten Rubin zögerte er. Oder war es die geballte Faust Igors, die ihn seines Mutes beraubte?

Inzwischen war Burgmeier mit hochrotem Kopf, Schirner an seiner Seite, eingetroffen, auch seine Schwägerin tauchte auf.

»Endlich!«, rief Burgmeier.

Doch Rubin nahm alle Kraft zusammen und stellte sich ihm ein zweites Mal entgegen. Da er unbewaffnet war, befahl er Jana Cerni, die Dienstwaffe zu ziehen, und Burgmeier musste sich fügen.

Während dieser wenigen Sekunden hatte sich der Fremde mit ausgebreiteten Armen vor der Hetzmeute aufgebaut und stand nun so, dass er zum einen die Menge und zum anderen auch Rubin im Blick hatte. Er trat langsam einen Schritt vor, riss die rote Kapuze vom Kopf und warf den Mantel über die Schultern ab.

Es war Carl Bernstein.

42

Niemand wagte etwas zu sagen. Wenn je ein Schweigen hörbar gewesen war, dann hier in diesem Moment.

Die meisten senkten den Blick oder suchten sich eine Stelle im Nirgendwo zwischen Himmel und Marktplatz, die sie krampfhaft anvisierten. Die wenigsten richteten ihre Augen auf Bernstein, der ein lilafarbenes Sakko mit tiefgrünem Revers trug, darunter ein T-Shirt mit dem verwaschenen Konterfei der Punklegende Sid Vicious, eine karierte Wollhose mit breitem Umschlag und neongrüne Sportschuhe.

Einzig Freitag rührte sich und sprang Bernstein freudig entgegen, der den Golden Retriever knuffte und kraulte, dass er vor Begeisterung fiepte.

Rubin, wie alle anderen, vollzog keine Bewegung, er war gerührt und tief beeindruckt, voller Stolz auf seinen Freund. Es kamen ihm Jugenderinnerungen in den Sinn, als Bernstein sich zur Unterhaltung und Verwirrung der Mitschüler auf Schulpartys als Zombie oder Mumie verkleidet hatte. Rubin musste lächeln, doch kaum hatte er sein Gesicht verzogen, ließ er es schnell wieder bleiben, denn jede Bewegung verursachte Schmerzen in Kiefer und Stirn.

Bernstein, der gestandene Sportsmann, war schon wieder bei Atem, warf sich in wirkungsmächtige Rednerpositur und intonierte weithin schallend: »Liebe Bad Löwenauer, liebe Gäste, Touris und Kurschatten, bei Wolkenbruch und Sturmgewitter, was steht ihr wie vom Donner gerührt da? Freut ihr euch nicht, mich zu sehen? Oder zieht ihr nach den schrillen Tönen der Prophezeiung die stillen Laute wahrer Bewunderung vor? Mir, für meinen Teil, ist es eine Herzensfreude, euch alle in so trauter Gemeinsamkeit beisammen zu sehen.

Frau Bürgermeisterin, meine Hochachtung.

Herr Glücksdoktor von Rehheim, seien Sie gegrüßt.

Mein lieber Rubin, hallo, du bist wirklich unmöglich. Kaum dass ich dich einmal ein paar Minuten allein lasse, machst du solchen Unsinn.

Igor, mein Respekt!

Frau Cerni, meine Verehrung.

Stadtrat Peter Röder, nun ja …

Und natürlich möchte ich auch unseren Konditor Bernd Schirner nicht vergessen, Meister des Astkuchens und Schwachkopf vom Dienst. Und Herrn Burgmeier, unseren feisten Achill der Zivilcourage. Sowie seine verehrte, in falscher Trauer so herzerweichend schwelgende Schwägerin Martina Schloss.«

Es kam Unruhe auf, Burgmeier versuchte eine Drohgebärde. Doch Bernstein fuhr ungerührt fort.

»Gerade Ihre werte Anwesenheit, Frau Schloss, an einem Tag wie diesem ist eine Ehre für uns alle. Ein wahrhaft dramatischer Tag, nicht wahr? Schon am frühen Morgen haben Sie Ihre eigene Schwester, die Sie über Monate mit Ihrem Schwager betrogen haben, um die Ecke gebracht, haben ihre Leiche in ein Waldstück in der Nähe der ›Waldesruh‹ befördert und anschließend Ihren Geliebten zur tatkräftigen Rache an einem armen Phantom angestachelt, was – wie ich stark vermute – eine Kleinigkeit war. Und nun stehen Sie hier inmitten unserer untadeligen Bürgerinnen und Bürger und mimen als lachende neue Chefin die trauernde, tief in Schwesterliebe empfindende Hinterbliebene.«

Frau Schloss lachte höhnisch auf, was in dem anhebenden Gemurmel beinahe unterging. Burgmeier warf hasserfüllte Blicke auf Bernstein, doch er unternahm nichts und sagte auch nichts. Seine Schwägerin stand nicht direkt neben ihm.

»Das soll wohl ein Scherz sein!«, sagte Martina Schloss schließlich kühl und herablassend.

»Nennen Sie es Scherz, Masterplan oder Schicksal. Ganz gleich, Sie haben Ihre Schwester auf dem Gewissen.«

»Jetzt reicht es aber«, ging Burgmeier dazwischen. »Wir müssen uns Ihre Frechheiten nicht länger anhören. Komm, Martina, wir gehen«, sagte er und trat zu seiner Schwägerin. Er ergriff ihre Hand.

»Halt, Herr Burgmeier, vielleicht schenken Sie mir noch einen letzten winzigen Augenblick Ihrer kostbaren Zeit. Ich bin überzeugt, Sie werden anschließend Ihre Meinung über die Kompetenz unserer Polizeikräfte gründlich zu revidieren wünschen.«

Burgmeier zögerte.

Rubin beobachtete abwechselnd ihn und Bernstein. Er wusste, sein Freund hatte genügend belastende Beobachtungen gemacht, und er selbst hatte ihn mit ausreichend Informationen versorgt, sodass er eine überzeugende Beweiskette vorlegen konnte. Und was im Detail noch fehlte, da war Rubin sich sicher, das würde Bernstein durch phantasiereiche Ausschmückungen zu überspielen wissen.

»Also gut«, willigte Burgmeier ein.

Martina Schloss hielt ihre Gefühle vollständig unter Verschluss.

Im nächsten Moment hob Bernstein an, gestenreich, vollkommen überzeugt und erfüllt, von dem, was er vorhatte.

»Es war ein Morgen wie jeder Morgen. Frau Schloss holte

ihre Schwester mit dem Wagen zur Arbeit ab. Das bestätigten die aufmerksamen Nachbarn. Mein herzlicher Dank an dieser Stelle noch mal an sie. Doch was Frau Burgmeier noch nicht zu erahnen vermochte, es würde eine Fahrt ins ewige Jenseits werden, das sich in diesem Fall in einem aufgeweichten Waldstück in der Nähe unseres beliebten Ausflugslokals ›Waldesruh‹ befindet. Woher wir das wissen? Der SUV von Frau Schloss hatte nach der Rallye, wie man sich denken kann, eine gründliche Reinigung nötig. Doch der Intuition und dem Sachverstand unserer Ermittler ist es zu verdanken, dass die Spuren am Tatfahrzeug rechtzeitig sichergestellt werden konnten. Der Dreck, den man fand, war durchsetzt mit feinen Tannennadeln. Tannen wie im Waldstück bei der ›Waldesruh‹, wo die Leiche gefunden wurde.«

»Das ist doch reiner Unsinn«, unterbrach Martina Schloss.

»Kehren wir zum Ausflug zurück«, fuhr Bernstein unbeirrt fort. »Frau Burgmeier hatte noch immer nicht den Schatten einer Ahnung, was ihre Schwester von ihr draußen vor der Stadt wollte. Schließlich nieselte es, und zum beschaulichen Lustwandeln war es nicht die Zeit, außerdem trug sie keine passende Kleidung. Frau Schloss kündigte geheimnisvoll eine kleine Offenbarung an. Hat sie ihrer Schwester vor dem Mord das Verhältnis zu ihrem Mann gestanden? Wir wissen es nicht. Gewiss ist nur eins: Frau Schloss hat ihre Schwester im Wagen eiskalt erdrosselt.«

Ein Raunen lief durch die Reihen.

»Und das Schönste: Die Täterin trägt die Mordwaffe noch immer am eigenen Leib!«

Bernstein trat beherzt auf Martina Schloss zu und verlangte den Seidenschal, den sie lose um den Hals trug.

Sie wechselte mit Burgmeier und Rubin Blicke. War sie

dazu verpflichtet? Sie begriff, es war besser, wenn sie es tat, und reichte Bernstein, was er verlangte.

Der rieb den Schal vorsichtig, beinahe genießerisch unter seine Nase und schwenkte ihn dann triumphierend in der Luft.

»Lavendel, Lavendel, Lavendel! Das ist ihr Parfum, ihre persönliche Duftmarke, unverkennbar wie ihr nicht vorhandenes Lächeln. Wohl bemerkt, Lavendel ist nur Martinas ganz persönlicher Duft. Nicht aber der ihrer Schwester, die auf exotischere Aromenvielfalt stand. Seltsam also, dass die unbestechlichen Spürnasen der Polizei bei der Untersuchung der Leiche den Duft von Lavendel witterten.«

Wieder regte sich Unruhe in der Menge.

Burgmeier ballte die Fäuste.

»Als ob das ein Beweis wäre!«, entgegnete die Beschuldigte.

»Ein Duftbeweis ist vor Gericht zwar außergewöhnlich, das will ich zugeben, doch durchaus keine Seltenheit. Allerdings gibt es der Beweise noch mehr. Die Täterin hat sich zwar alle Mühe gegeben, keine Fingerabdrücke zu hinterlassen, hat also in Profimanier Handschuhe getragen. Doch eines hat sie vergessen.«

Bernstein griff in die linke Jackentasche seines Sakkos und präsentierte die Einweghandschuhe, die er im Handschuhfach des SUV gefunden hatte.

»Richtig ist, dass Handschuhe keine Fingerabdrücke hinterlassen – äußerlich! Innerlich schon.« Er stülpte die Innenseite nach außen und hielt die Handschuhe am äußersten Ende. »Ich freue mich auf den Abgleich mit den Fingerabdrücken von Frau Schloss.«

Aus den Blicken der Frau sprach weder Hass noch Angst, sie schien innerlich vollkommen leer.

»Nun war also die Tat vollbracht, die Schwester aus dem Weg geräumt, der Weg zu Bett und Büro des Schwagers frei. Nun kommt der wirklich clevere Teil ihres Mordplans. Frau Schloss streute einen ausgeklügelten Verdacht und wollte die Tat der Prophezeiung unterschieben. Wenn die ganze Stadt schon auf das kommende Unheil wartet, dann geben wir der Stadt doch, wonach sie so sehnlich verlangt, dachte sie. Dazu musste sie sicherstellen, dass die Leiche rasch entdeckt und ohne größere Schwierigkeiten identifiziert werden konnte, weshalb sie modisch unsensibel die Brieftasche in die Innentasche des Blazers der Toten steckte.

Was jetzt noch fehlte, war ein Leichtes. Frau Schloss musste in ihrem Geliebten nur noch das Feuer schüren, das ohnehin schon loderte: der Hass auf den Fremden. So lief alles wie am Schnürchen. Schade nur, dass am Ende der Fremde gar kein Fremder war.«

Bernstein schwieg, stand still und ließ seinen Blick über die Menge schweifen. Dann stellte er sich zu Rubin, der von Dr. von Rehheim während seiner Rede notdürftig versorgt worden war.

»Bitte, Martina, sag, dass das nicht wahr ist!«, flehte Burgmeier seine Schwägerin an. »Bitte sag es nur ein einziges Mal, nur einmal, und ich werde dir glauben! Bitte, nur einmal, bitte, bitte, bitte, ich …«

Bernstein meldete sich erneut zu Wort. »Doch das, meine hochverehrten Anwesenden, ist noch nicht alles. Vielleicht fragen Sie sich, warum Frau Martina Schloss so versiert im Umgang mit dem Seidenschal als Mordwerkzeug ist? Die Antwort lautet: Sie hat fleißig geübt, und zwar an der Kehle des Wirtes unserer lauschigen ›Waldesruh‹. Denn dessen Tod unter dem schinkenbehangenen Birnbaum geht gleichfalls auf ihr Konto.«

Heisere Aufschreie durchstießen die Luft, die Menschen traten von einem Bein auf das andere.

Bernstein fuhr unbeirrt fort. »Vor dem Stadtgipfel, Frau Schloss, haben Sie ihn aufgesucht, den Wirt, den elenden Erpresser und Kuppler. Sie hatten ein Hühnchen mit ihm zu rupfen. Besaß er doch die Stirn, Sie wegen Ihrer Schäferstündchen mit Ihrem werten Schwager um zehntausend Euro zu erpressen. ›Zahlen Sie, oder die Schwester wird alles erfahren!‹ Nun stand Ihnen allerdings nicht der Sinn nach einer kleinen Spende, und da haben Sie die Sache auf Ihre Weise beendet, mit Hilfe Ihres strapazierfähigen Schals und eines Astes, dessen Verwendung als Hebel bei der Strangulation den letzten Kick in Richtung Jenseits gegeben hat. Und schon war es aus: mit dem Wirt, der Erpressung und den schönen Schinkenspezialitäten. Tja, doch wir fragen uns, was Ihre Schwester Sabine wohl gesagt hätte zu Ihrer Liaison mit dem ihr Angetrauten? Wäre sie im Grunde ihres Herzens wirklich tief erschüttert gewesen, sie, die selbst die Verschwiegenheit der ›Waldesruh‹ für ihre eigenen Abenteuer gesucht hatte?«

Burgmeier erboste sich, versuchte zu widersprechen, doch ihm fielen keine richtigen Worte ein.

»Mich wundert überhaupt«, sagte Bernstein, »dass sie, die beiden heimlichen Paare, sich nie in der ›Waldesruh‹ begegnet sind, wo sie einander in ein und demselben Bett betrogen haben.«

Ein Raunen lief durch die Reihen, Kopfschütteln folgte, doch Martina Schloss blieb fest und kalt wie ein Stein, zeigte keine Reue, und keine Trauer sprach aus ihrer Miene. Sie zitterte nicht, sie schwankte nicht. Sie schwieg.

Burgmeier rang nach Atem, er fühlte sich doppelt betrogen und wandte sich schamerfüllt an Rubin, die Hand zur Entschuldigung ausgestreckt.

Rubin jedoch verweigerte den Händedruck mit der Begründung, die Versöhnung würde ihm in seinem jetzigen Zustand allzu große Schmerzen bereiten.

Dann ließ er sie alle abführen: Martina Schloss, Burgmeier, Schirner und all die anderen selbst ernannten Rächer der guten Sache.

43

Ein unwiderstehlicher Duft nach erlesenen Kräutern, nach Tomaten und Pasta erfüllte Ricardos Ristorante, gewürzt auch mit ordentlichen Portionen von Knoblauch, Butter und jungem Weißwein. Alles wirkte so leicht und luftig, man hätte meinen können, es sei wieder Sommer, nicht Herbst.

Draußen war die Sonne schon lange untergegangen, und ein leichter Nieselregen fiel nieder. Es war ungemütlich kalt.

Bernstein saß Rubin gegenüber an einem Tisch in der Mitte des Ristorante. Freitag genoss einen leckeren Knochen. Rubins Gesicht war noch immer geschwollen, die Haut unter den Augen und am Kinn hatte sich blau und dunkelrot verfärbt und war mit drei Pflastern beklebt. Dr. von Rehheim hatte Rubin ursprünglich einen Kopfverband verpassen wollen, doch der hatte abgelehnt. Immerhin waren die Röntgenaufnahmen in Ordnung; alle Knochen waren heil geblieben.

»Wozu ein Dickschädel so alles gut ist«, kommentierte Bernstein, der ohne seinen Laptop gekommen war.

Ricardo gesellte sich zu ihnen und sagte mit Blick auf Rubin: »*Mamma mia*, Christophe, du siehste aus wie von Traktor überfahre. Musse jetzte tuchtig esse und trinke. Habe ich heute *speciale* fur dich gemacht und ganz auf Koste von Hause. Ehrensache! Jeder muss leiste Beitrag, meine Beitrag schöne Filet von Zander mit viel Gemuse und tausend Vitamine.«

»Wenn ich es runterkriege«, meinte Rubin.

Bernstein bot sich als Abnehmer der Reste an.

An diesem Abend war für die Freunde an ein gemütliches Beisammensitzen nicht zu denken. Immer wieder traten Menschen an ihren Tisch, gratulierten Bernstein zu seinem Mut oder sprachen Rubin gute Besserung aus.

Genau so war es schon seit dem Nachmittag gegangen. Menschen, die Bernstein nie gesehen hatte, drückten ihm die Hand, Frauen drückten ihm Küsse auf die Wangen.

»Sie haben sich um unsere Stadt verdient gemacht, Herr Bernstein. Sie sind ein wahrer Patriot, jawohl!«

»Mein Respekt für Ihren Mut!«

»Sie haben das einzig Richtige getan, das, was ein engagierter Bürger tun muss – vorbildlich!«

Allerdings waren nicht alle Reaktionen so überschwänglich. Bernstein erntete auch böse Blicke und eisiges Schweigen. Doch das kannte er zur Genüge. Im Grunde waren die Reaktionen nicht anders als an jedem Morgen, wenn seine Kolumne erschien. Na ja, es überwogen schon die positiven Kommentare.

Rubin nahm einen Schluck Bier und grinste, was trotz der Blessuren wieder halbwegs schmerzfrei gelang. »Du hast da auf dem Marktplatz eine schöne Beweiskette hingelegt. Ich wusste bislang bloß noch nicht, dass Fingerabdrücke auf der Innenseite eines Handschuhs zurückbleiben.«

»Um der Wahrheit die Ehre zu geben, ich wusste es auch nicht. Und unter uns, ich hege erhebliche Zweifel, dass es auch tatsächlich so ist. Doch der Knalleffekt war nicht zu verachten, oder?«

»Und da wir ein lückenloses Geständnis von Frau Schloss haben, brauchen wir auch nicht mehr die Probe aufs Exempel zu machen. Zumal mittlerweile auch die Spurensicherung unsere Vermutungen hinsichtlich der Strangulation bestätigt hat.«

»Ein Hoch auf die Wissenschaft und ihre treffsicheren Methoden!«

Rubin sagte: »Schön auch, dass du den Namen unseres Schnösels Peter aus dem Spiel gehalten hast.«

»Ich will ihn doch nicht seiner Chancen für das Amt des künftigen Bürgermeisters berauben.«

»Er bleibt uns mehr als einen Gefallen schuldig.«

»So ist jedem gedient«, lachte Bernstein. »Und die Polizei kann sich wieder ernsthaften Aufgaben widmen, wie der Entgegennahme von Meldungen über vom Schlag getroffene Vögel.«

»Hör mir bloß damit auf!«, seufzte Rubin.

»Was fangt ihr jetzt mit den Tonnen von Papier an?«

»Ablage P, was sonst?«

Nicht weit von dem Tisch, an dem sie saßen, lief der Fernseher. TV 4 sendete einen Brennpunkt. Bürgermeisterin von Roth gab ein Interview auf dem Marktplatz. Sie trug den Mantel, den sie kurz zuvor noch unter Rubins Kopf gebettet hatte und der nun zerknittert und blutverschmiert war.

»Das Entscheidende ist«, beschwichtigte die Fürstin, »dass man die Sache nicht überbewertet. Man muss sich auch hüten vor vorschnellen Schuldzuweisungen. Die Stadt trägt gewiss keine Schuld an dem Tod der Unternehmerin Burgmeier oder des Wirts unserer ›Waldesruh‹ und die etwaigen Zusammenhänge mit der Weissagung sind gewagt, um nicht zu sagen hanebüchen. Schließlich ist die Prophezeiung von Bad Löwenau nur eine alte Geschichte, nichts weiter. Wir sollten uns hüten, zu viel hineinzuinterpretieren.«

Bernstein ließ die Worte unkommentiert, ebenso wie

Rubin, der nach einer Weile sagte: »Du hast selbst mich mit deiner Aktion wirklich überrascht.«

»Oh, ich habe mich selbst überrascht. Doch ich finde, das sollten alle Menschen von Zeit zu Zeit einmal tun.«

»Du hast viel aufs Spiel gesetzt. Was hättest du getan, wenn sie dich erwischt hätten? Sie hätten dich ganz schön vermöbelt.«

»Stattdessen haben sie dich in die Mangel genommen. Wer hat mehr riskiert?«

Rubin schwieg und dachte nach. »Bist du bewaffnet gewesen?«

Bernstein schüttelte den Kopf. »Die Waffe des Narren ist der Spiegel, nicht die Streitaxt.«

Sie schwiegen, Freitag gähnte unter dem Tisch. Es ging ihm gut, er hatte alles, was er brauchte.

Wieder trat jemand an ihren Tisch und wollte Bernstein die Hand drücken. Die Frau hatte sogar ein Geschenk für ihn: eine Flasche Bardolino.

Als sie gegangen war, sagte Bernstein: »Eines allerdings belastet mich. Ich mache mir Vorwürfe, dass ich es gewesen sein könnte, der Martina Schloss mit der Nase auf den zweiten Mordplan gestoßen hat.«

»Wieso?«

»Als ich sie zum ersten Mal sah, sprachen wir auch über die Prophezeiung. Sie sagte, sie wüsste nicht, was noch alles auf uns zukommen würde, und ich habe geantwortet: ›Die Zeichen haben nur die Bedeutung, die wir ihnen geben.‹ Plötzlich blitzte in ihren kalten Augen etwas auf. Der Plan zur Ermordung ihrer Schwester war geboren.«

»Belaste dich nicht damit, sie hätte es früher oder später ohnehin getan.«

Bernstein war nicht überzeugt, doch er erwiderte nichts.

Plötzlich erklang der Refrain eines alten Songs von Bob Marley aus Bernsteins Smartphone: »Get up, stand up«. Sein aktueller Klingelton für eine eingehende SMS. Bernstein überflog sie rasch und grinste. »Die Nachricht ist von Sulzbach, meinem Verleger. Er schreibt, ich bin wieder eingestellt, beste Grüße und dreifache Entschuldigung.«

»Da bin ich aber erleichtert«, sagte Rubin. »Ich kann mir Bad Löwenau ohne deine Kolumne nicht vorstellen.«

»Ich mir auch nicht, mein Bester, aber bitte, sag's nicht weiter.«

In diesem Moment erschien Ricardo mit dem Essen. Er grinste über beide Wangen. »Bitte schön, *amici*, *speciale* Zander für *speciale* Tage. Lasse schmecke, *buon appetito*. Habe ich auch eben gesproche mit Mamma in Milano. Hatte gesagt, wo Stadt is wieder sicher, komme soforte zurück. *Mamma mia, grandissimo!*«

44

Nach dem Essen verabschiedeten sich die Freunde auf dem menschenleeren Marktplatz. Bernstein verschwand in den halbdunklen Gassen, Ricardo trat zurück ins Ristorante, nur Rubin blieb noch eine Weile unter der Zierlinde stehen, denn Freitag hatte etwas gewittert. Rubin ließ ihn gewähren. Freitag sah glücklich aus, und er selbst genoss die Nachtluft, die seinem dröhnenden Schädel guttat.

Der Regen fiel jetzt wieder stärker. Zum Glück war er endlich wieder zu dem geworden, was er immer gewesen war: gewöhnliches Herbstwetter.

Plötzlich sah Rubin einen Mann aus den Gassen kommen, zielstrebigen Schrittes. Er verlangsamte das Tempo. Es war Bernstein. Es schien, als schritt er die Strecke ab, die er am Nachmittag als Fremder gelaufen war. Als er wieder den menschenleeren Marktplatz erreichte, blieb er vor dem Löwenbrunnen stehen.

Rubin sah, wie er zu einem hell erleuchteten Fenster im ersten Stock über der Adler-Apotheke hinaufschaute. Hin und wieder erschien eine schlanke dunkle Gestalt dahinter. Sie schien von Zimmer zu Zimmer zu wandern, unruhig, fast wie auf der Suche.

Dann sah Rubin, dass Bernstein schon im Hauseingang stand. Er drückte den Klingelknopf, und Rubin winkte Freitag zu sich. Er kraulte das Fell des Golden Retrievers.

Dank

Mein herzlicher und besonderer Dank gilt Dáša, Martin Pfeiffer, Heiner Bindhardt, Roland Pietryga und dem Team des Emons-Verlags sowie Lisa Bitzer.

Sven Görtz
DA LIEGT EIN TOTER IM BRUNNEN
Broschur, 192 Seiten
ISBN 978-3-95451-070-2

»Ein kurzweiliges Lesevergnügen, mit originellen Typen und gelungenen Dialogen.« Buchjournal

»Rubin und Bernstein – zwei wahre Edelsteine des Krimigenres.«
Gießener Allgemeine

Sven Görtz
DA LIEGT EIN TOTER IM BRUNNEN – HÖRBUCH
4 CDs
311 Min.
ISBN 978-3-95451-071-9

Sven Görtz
DA HABEN WIR DEN SALAT
Broschur, 192 Seiten
ISBN 978-3-95451-144-0

»Eine geistreiche Zeitgeistsatire.« Rendsburg erleben

Sven Görtz
DA HABEN WIR DEN SALAT – HÖRBUCH
4 CDs
281 Min.
ISBN 978-3-95451-145-7

Sven Görtz
DIE PROPHEZEIUNG VON BAD LÖWENAU – HÖRBUCH
3 CDs
230 Min.
ISBN 978-3-95451-470-0

www.emons-verlag.de